サエズリ図書館のワルツさん 1

紅玉いづき

世界情勢の変化と電子書籍の普及により、紙の本が貴重な文化財となった近未来。そんな時代に、本を利用者に無料で貸し出す私立図書館があった。“特別保護司書官”のワルツさんが代表を務める、さえずり町のサエズリ図書館。今日もまた、本に特別な想いを抱く人々がサエズリ図書館を訪れる——。本と無縁の生活を送っていた会社員、娘との距離を感じる図書館常連の小学校教師、本を愛した祖父との思い出に縛られる青年など、彼らがワルツさんと交流し、本を手にした時に訪れる奇跡とは。書籍初収録短編を含む、伝説のシリーズ第1弾、待望の文庫化。

サエズリ図書館のワルツさん 1

紅玉いづき

創元推理文庫

WALTZ OF SAEZURI LIBRARY 1

by

Iduki Kougyoku

2012

目　次

サエズリ図書館のワルツさん　1

第一話　サエズリ図書館のカミオさん

悪魔の笑い声のように、世にも不快な音を聞いた。

「あっ……！」

慌ててブレーキを踏み込み、ハンドルに突っ伏す。肩で切りそろえた髪が揺れて、ハンドルに触れた。振り返りたくなかった。

なんてついてない日、と、青い小型自家用車の運転席で硬直した上緒《カミオ》さんは、心の中で毒づいた。そう、今日は朝からついてなかった。朝のニュースの星占いは最下位だった。チャンネルを替えたら血液型占いも最下位だった。おうし座のA型は早朝から最悪を運命づけられた。ばっかじゃないの、と腹を立てながら化粧をして家を出たら、せっかくつくったお弁当を玄関先に忘れてきた。せっかくの、上緒さんのアスパラベーコンがぱあだった。会社の食堂の自販機で買った乾いたパンを食べたら、ちょっと泣きたくなった。

上緒さんの課のお局《つぼね》さまの機嫌は最悪で、午後の業務開始十五分で盛大に八つ当たりをされた。上緒さんは悪くなかった、はずだ。女子トイレの個室でちょっと泣いた。

くたくたに疲れてやってられなくて、残業を半《なか》ばに放り出してどうしても、身体《からだ》に悪いファストフードが食べたくなった。家に残してきたアスパラベーコンのことは考えたくなかった。

なのにフライドチキンの店の駐車場は満車だった。店内は空席だってあるっていうのに、なんてついてない！

そのまま帰ると最下位と最悪を認めたことになるような気がして、上緒さんは隣の施設に無断駐車をすることにした。路駐の取り締まりなんてどうでもいいけれど、最近はガソリン泥棒だって横行しているのだと、カーラジオのＦＭ電波が呼びかけてくる。

ガソリン泥棒だなんて。こんな田舎《いなか》に無縁の心配だと思いながらも、これ以上ついてないことが続いては敵《かな》わないと、振り切るように選局のボタンを一押し。リチャード・クレイダーマンのピアノに合わせて、天気予報に電気予報、空もエネルギーもぼちぼちだと声の綺麗なアナウンサーが伝えてくれる。そうだ、ぼちぼちだ。そのはずだと思いながら、ハンドルを切る。

停めようとしていたのがなんの施設かすぐにはわからなかったけれど、公共施設なら駐車場は無料だろうし、帽子を目深《まぶか》にかぶった警備員もいる。ずいぶん高齢の警備員のようだけど、いないよりは、マシだろう。無断駐車が露見《ろけん》して怒られるとは思わない。たかだか、ファストフードを食べる間だ。

おあつらえ向きにひとつ駐車スペースがあいていた。隣の車も自分の車も小型自家用車で全然余裕、だと思ったのに。

わずかにハンドルの切り方が悪かった。心臓に悪い音を立てて、上緒さんの車と、もとから停まっていた車が触れあった。そう言えば微笑《ほほえ》ましいけれど、至極《しごく》一方的で逃げようもない、接触事故、だった。

街灯もつきはじめ、辺りはもう薄暗かった。上緒さんは顔を上げて、半泣きになりながらぐっとハンドルを握り、アクセルを踏み込もうと、した。

今度は種類の違う不吉な音と、足下に不自然な衝撃がきた。嘘だ、と思いながら頭を下げたら、無惨にもパンプスのヒールが折れていた。ヒールのある靴での運転は決していいことだとは思っていないけれど、働きはじめて二年間、こんなことは一度もなかった。

「うー……」

当て逃げをしようとしていたのを神様に見抜かれた気持ちになって、そのまま車の中でハンドルに突っ伏した。心の中で神様からいくつ恨みをかっているのか数えてみた。煩悩《ぼんのう》の数は確か、百八つ。そうではなくて。

(とりあえず、当て逃げは、だめだわ……)

力尽きたようにそう思って、他の車の邪魔にならないよう、かすかに車体をずらし、おぼつかない足取りで車を降りる。さっき目に留めた警備員を視線だけで探したが、もう仕事上がりの時間だったのだろうか、見つけられなかった。

夕焼けが照らす建物は大きく、丸いフォルムのガラス張り。中にはたくさんの棚が見える。二重扉になっている、不思議なほど新しそうなその施設の入り口に立ってはじめて、上緒さんはその名前を知った。

サエズリ図書館、という呑気《のんき》なプレートをしばらく見つめて、逃げるように中に入った。

はじめて足を踏み入れた図書館は、清潔で、かいだことのないにおいがした。それが紙と糊《のり》のにおいだということは、上緒さんにはわからなかった。どこか胸が詰まるような、空腹を刺激するような懐かしさだった。けれど満足に吸い込むこともなく、上緒さんは早足でカウンターに向かい、「すみません」と呼びかけた。カウンターにいた女性は「はい」と低い声でこたえた。受付カウンターに座ってはいたけれど、受付嬢、と呼べるほど若い職員ではなかった。真っ白の髪をおかっぱにして、銀のフレームの眼鏡《めがね》をかけた目元には、はっきりとした皺《しわ》が刻まれている。ハイネックのトップスと、制服なのだろう、かっちりとしたベストに身を包んでいた。

「すみません、あの」

緊張を振り切るように、嚙《か》みながら言う。

「今、駐車場で、停めてあった車に、ちょっと、ぶつかって……」

その言葉に、カウンターの図書館職員は控えめに眉《まゆ》を上げて、驚きを示した。非難の言葉を受けるだろうかと怯えていたが、相手はそれ以上顔色を変えることはなかった。「それでは、そうですね、事務室の方に行きましょう」とやはり低い声で静かに言うと、立ちあがって上緒さんの前を歩き出す。タイトなスカートに、黒のタイツを穿《は》いていた。上緒さんは片方の足をつま先立ちにして、周りを見ないようにその後ろについていく。平日の夕食時だというのに館内にはちらほらと気配があった。

きちんと、館内に利用客がいる、ということが意外に思えた。同時に上緒さんは、自分が生まれてはじめて図書館という施設の内部を歩いているのだという事実を嚙みしめた。

上緒さんは決して本が好きな人間ではなかった。親しむような生活も、生まれてこの方したことはなかった。図書館という施設について、概念としてはもちろん知っていたが、自分には死ぬまで無縁のものと思っていた。学生の頃に教師に連れられ、かび臭い図書室に何度か入ったぐらいで、本というものにろくに触ったこともなかった。古くさくて、敷居が高く、好事家《こうずか》が好むもの。それが本に対する、上緒さんの印象だった。自分の場違いさが嫌になって、上緒さんは背中を丸めて、ひたすらつま先を見て歩いた。

事務室、と女性が言った場所は、図書館の奥にある大きくも小さくもない部屋だった。十にも満たない、それぞれ端末の置かれた事務机と、応接用だろうかソファがある。そのソファに座るように促されて、上緒さんはまるで学生時代に戻って、職員室に怒られにきたようだ、と思った。

立ったままではなく、座って怒られるんだから、覚悟をきめなければならない。憂鬱《ゆううつ》に胸が重くなった。

働きはじめてから車には乗っているけれど、相手がある事故を起こしたのはこれがはじめてだった。警察を呼ばなくちゃいけないんだろうか、実家に電話をした方がいいんだろうか。あ、きっと母親はまた娘の注意力のなさを罵《ののし》るに違いない。あなたって子はどうしていつもそうなの。もう、子っていう年でもないんだけどな。

もしも相手がやくざのような人だったらどうしよう。次から次へと浮かぶ不吉な想像に頭の中がぐるぐるした。金曜日の夕方に、一体なにをしてるんだろうと、自分の惨《みじ》めさを呪う気持ちにもなった。

案内してくれた図書館職員は、事務室のまた奥の階段から下を覗《のぞ》いて、

「ワールツさーん」

と呼ぶ。

（ワルツさん？）

不思議な響きの呼び名に、上緒さんの頭の中のぐるぐるが止まると、下から「はーあいー」という返事と階段を上る音がした。案内の職員はそれで自分の役目を終えたとばかりに、会釈《えしやく》をしてホールへ戻っていく。すぐに階段から現れたのは、今し方の図書館職員よりもずいぶん若い女性だった。自分よりも少し上か、下手《へた》をすれば同じくらいなのではないかと上緒さんはぼんやり思う。やはりかっちりとした制服を着て、長い髪を首の後ろでまとめている。眼鏡はしていない。やわらかで若々しい、けれど落ち着きのある笑顔で言った。

「こんにちは」

「あ、はい。こんにちは」

思わず上緒さんはそうこたえていた。立ちあがるべきだったのかもしれない。けれど、折れたヒールが気になって、タイミングを逸してしまった。

女性は頭を下げて、ポケットから薄い名刺ケースを取り出すと、最近では滅多《めった》に見ないような、シンプルな紙名刺をテーブルの上に置いた。

割津唯《ワルツユイ》。他の肩書きより数ポイント大きな書体の名前が、まず目に入った。指で触ると、文字にはわずかな凹凸《おうとつ》があった。

「わたしは、ワルツと言います。サエズリ図書館の代表で、特別保護司書官です」

「はぁ……」

本という高尚な文化にはうとい上緒さんだったから、ワルツさんの肩書きがよくわからなかった。ただ、彼女の胸元にある名札を見て、美しい書体で『ワルツ』とだけ書かれているのを見るに、確かにワルツさんだ、と上緒さんは思った。

ワルツさんは向かいに座り、上緒さんに笑いかける。

「今日は、どうされましたか？」

優しい笑顔なのに、責められたような気持ちになった。プレゼントでもあげたら、素敵な笑顔をくれそうな人だった。でも、上緒さんはプレゼントなんて持っていない。

「あの、事故を」

いつまでも躊躇《ためら》っていても仕方がない。勇気を出して、上緒さんは言った。

「駐車場で、車を、ぶつけてしまって……」

「まぁ」

と、ワルツさんは形のよい眉を上げた。それから、「お怪我《けが》はありませんか？」と上緒さんに尋ねてくれた。

優しい口調だったから、また、泣きそうになってしまった。

「怪我は大丈夫だったんですが……。隣の車に、ちょっと、こすってしまって……」

「あら……」

それじゃあ、警察を呼びましょう、と言われるのを覚悟して上緒さんが俯《うつむ》いていると、ワルツさんは頷《うなず》いたようだった。揺れる空気で、上緒さんにはそれがわかった。そして、言う。

「それじゃあ、見に行きましょうか。駐車場」

そうして彼女は立ちあがった。上緒さんも顔を上げる。ワルツさんは、上緒さんの見る限り、面倒そうなそぶりなんてかけらも見せなかった。

立ちあがるとすぐに、ワルツさんは上緒さんのヒールに気づいて、ロッカールームからサンダルを持ってきてくれた。古びた健康サンダルだったけれど、上緒さんはありがたく借りた。

足元がしっかりすると、少しだけ気持ちが上向きになって、自然と目線も上がった。

外はもう日がかげっていたけれど、明るい館内だった。二階、いや三階まで吹き抜けの高い天井に、送風機が回っている。館内は目に優しい少しくすんだ白を基調として、壁面はほとんどが、熱と紫外線を遮断する複層ガラスか書棚だった。何カ所か、二階へ上がる階段があり、エレベーターは透明な油圧式。カウンターの向かいにひとつだけ、地下へと降りる階段も目に入った。

並んだ棚の天板は合成プラスチックで、汚れがつかないように塗装されている。並ぶ本はぴったりと整列していた。

当たり前のことなのだろうけれど、書棚インターフェイスで見るよりももっと膨大な量の書物が、棚にびっしりと鎮座していた。それぞれの本には下部に記号と番号が書かれたラベルが貼られて、タグだけでない分類が成されていることがわかる。その背表紙に手を伸ばしたら、一体どんな固さなのだろうかと上緒さんは想像する。ぴったりと整列した様子が、なんだかおそれおおくて、読みもしない本には、触ろうという気持ちにはなれなかったけれど。

外に出ると、辺りは一層明るさが落ちていた。夕焼けの中でワルツさんと上緒さんは、事故現場に立つ。

当たり前のことだけれど、上緒さんの車はいい子で持ち主を待っていたし、青い塗装が少し傷ついているのも、そのままだった。

ワルツさんが二つの車の間を覗き込む。

「ここですか？　ああ、傷が」

「そうなんです」と上緒さんは身体を小さくした。

ワルツさんは頷く。

「見覚えのある車だから、きっとよくいらっしゃるお客さんのものだわ。もう少し時間がはやかったら、警備員さんの勤務時間内だったんだけれど……今日は早上がりだから……」

「どなたのものか、わかりますか？」

上緒さんが尋ねると、ワルツさんは頷いた。

「わかりませんが、ちょっと探してみましょう」

「どうやって？」

ここで待っていればいつかは持ち主が帰ってくるだろうし、それまでこのまま？　それとも、迷子放送よろしく、あの静かな図書館に呼び出しをかけたりするんだろうか。それはなんだかとても気が引けるなと思っていたら。

「あ、本」

助手席に目を止めて、ワルツさんの顔がほころんだ。上緒さんも覗き込めば、確かに助手席に、一冊の本が置かれていた。赤い色のハードカバー。こちらから見える背表紙には分類を書いたラベルが貼られていなかったから、個人所蔵のものだと上緒さんにもわかる。

助手席に本。ガソリンよりも高価なものを……。なるほど、図書館によく通うような人は、自分などとは違う人種だと上緒さんは思った。けれどワルツさんは、もっと違うことを思ったようだった。

「歴史小説……。だとしたら、多分……」

ぶつぶつと呟《つぶや》きながら、ワルツさんは歩き出す。その背中を、上緒さんが追う。ワルツさんはヒールのあるパンプスで、自動ドアをくぐりサエズリ図書館の中に戻ると、迷いなく貸し出しカウンターに近づき、身を乗り出した。

「ねぇサトミさん、岩波《イワナミ》さんって来てました？」

座っていたのは、先に上緒さんを事務室に案内してくれた受付の職員だった。その胸元をちらりと見れば、ワルツさんと同じ書体で、『サトミ』の文字。サトミさんはワルツさんの唐突な質問にも淡々と答えた。

「ええ、来てました」

「ビンゴ」とワルツさんは嬉しそうに言って、重ねて聞いた。

「本って、借りました?」

「ええ、さきほど」

「よかった。最新の貸し出し状況を表示して下さい」

ワルツさんがほっとした顔をする。そして言い終わる前に、サトミさんの節くれが目立つ、爪の磨《みが》かれた指が動き、なにかの情報を画面に表示した。ワルツさんは乗り出した身体の角度をかえて、一瞬それを覗く。プライバシーの問題もあるのだろう。ディスプレイの正面からしか文字は判別出来ないようになっていたから、上緒さんには、どんな本のタイトルが表示されているのか見ることは出来なかった。

「問題ありません」

ワルツさんは頷くと、今度は静まりかえった館内へと歩き出す。上緒さんは慌ててそれを追った。一体なにをどうするつもりなのか。注意深く、その姿勢のよい背中を見つめていたが、ワルツさんはなにを、どうも、しなかった。

ガラスの壁に面した階段を上り、ソファのある明るい窓辺へ。そこに、ねずみ色のツナギを着たおじいさんが、傍《かたわ》らに本を積んで座っていた。その膝には当然のように、分厚い書籍が開かれている。

「岩波さんー」

とワルツさんがおさえた声で呼びかけるので、上緒さんは少し驚いた。呼ばれた岩波さんの方はひょいっと本から顔を上げて。

「ほうい」

と一声こたえてみせた。足早に近づいて、ワルツさんは言う。

「探しました」

「探されました、か」

「はい」

嘘だ、と上緒さんは背後で思う。ワルツさんは、絶対、岩波さんを探してなんていなかった。常連さんだから、どこにいるかわかるのだろうか。どっちにしろ絶対、探してなんかない、と上緒さんは思うけれど、言わなかった。

「どうしたね」

と岩波さんがワルツさんに尋ねる。ワルツさんは横に一歩ずれると、綺麗な手首をひらりと上にして、上緒さんを示しながら岩波さんに言った。

「こちらのお客さまの車が、駐車場で岩波さんの車と接触してしまったそうで」

「ほ」

と岩波さんの口が丸く開いた。上緒さんは慌てて、勢いよく頭を下げる。

「すみません！」

そのまま頭を上げられないでいると、上緒さんの頭のてっぺんに、岩波さんの声がかかる。

「怪我は？」

驚いて、上緒さんが顔を上げる。中途半端に腰を折ったまま、ぶんぶんと首を左右に振ると、

「怪我がないならよかった」

と岩波さんは笑った。

情けないことだと思うけれど。

ぶわっと上緒さんの目に涙が浮かんで、しばらく顔を、上げられなかった。


外はもうすでに薄暗くなっていた。冷たさを含む風と、虫の鳴く声が、そこかしこから聞こえてくる。

岩波さんは塗装の傷ついた自分の車をしげしげと見て、「自分でやってみようか」と呟いた。

いくら弁償することになるのかと、恐々としていた上緒さんは面食らう。

「自分で、って」

「明日もいい天気だというからなぁ」

岩波さんはそんな理由を述べた。そしてワルツさんに向き直る。

「ワルツさん、車の補修の、本はあるかね」

「ありますとも」

自信に満ちた笑顔で、ワルツさんが頷く。

「どの辺りかな」

「一階右の庭側、Ｆ棚の右からこのくらいの、この辺り」

ワルツさんはよどみない口調で、左右に動かした手を、自分の顎《あご》辺りで止めた。

「『自家用車の補修整備』が一番新しい書籍です。戦後発行《A・P》ですから、わかりやすいかと思いますよ。製本もリングノートの形式で、ふんだんに写真がのった初心者向けです」

よどみない答えに上緒さんが驚いていると、岩波さんは笑って、自分の手を、ワルツさんと同じ高さまで上げて言った。

「この辺り、だな。見てみよう」

「是非」

にっこりとワルツさんは笑った。唖然《あぜん》としている上緒さんに、岩波さんが振り返って言う。

「お嬢さん、よかったら、明日の朝、また図書館にいらっしゃい」

「えっ」

「あんたの車の傷も、わしが直してみよう」

うまく出来るかはわからんがなぁ。呵々《かか》と笑いながら岩波さんが図書館に戻っていく。上緒さんの返事も聞かずに。

確かに、そうしてもらえれば嬉しい、と上緒さんは思う。車の補修なんて、どこに行けばいいかわからない。ＤＢ《データベース》を調べてやり方がわかったとしても、自分で出来る自信なんてない。だから、渡りに船の申し出、ではあるのだけれど。

想定外のことばかりで、上緒さんは呆然とするしかない。「明日来ていただけるのでしたら」と隣でワルツさんが微笑みながら言った。

「履き物も、どうぞそのままお帰り下さい。明日でよろしいですよ」

「あの」

先にお礼を言わなければならなかっただろうに、上緒さんの口をついて出たのは、不躾《ぶしつけ》な問いかけだった。

「本……全部、覚えてるんですか?」

荒唐無稽《こうとうむけい》なその言葉に、ワルツさんは笑う。

「まさか、全部は覚えていませんよ」

じゃあ、なにを。どこまで……という上緒さんの問いは、ワルツさんの微笑みにかき消された。

「せっかくですから。本、借りていかれたらいかがですか?」

「え、でも」

そんな簡単に借りられるものだとは思わなかったし、お金をとられても困るし、そもそも、私、本を。

読んだことなんて、という言葉を告げることは出来なかった。だって、ここはどこだ? 図書館の、駐車場じゃないか。

「……はじめてなんです」

そんな間の抜けたことを言ったら、ワルツさんは笑った。

「ようこそ。サエズリ図書館へ」

駐車場の外灯に照らされた、どこまでも、どこまでも優しく美しい笑顔だった。


貸し出しカウンターの隣、白い椅子に座ると、デスクはそのままディスプレイになっていた。『新規登録者用』との画面が表示されている。

「まず第一に、この図書館は公共施設ではありません」

デスクを挟んで向かい合った、ワルツさんのその言葉に、上緒さんは驚いた。

「サエズリ図書館の蔵書は過去の個人所有物の寄贈と、様々な協力会社の寄付からなりたっています。利用者の制限は国内居住者であれば特にありません。身分証をお持ちになって、利用者登録を済ませた方は、規約に同意したとみなし、どなたでもご利用いただけます」

私立だったのか。しかもすべて無料だなんて。お金の心配を少なからずしていた上緒さんはとても意外な思いで、促されるまま運転免許証を出してリーダーにかざした。先進時代のリーダーだった。確かにこれは、公共施設では用意出来ないものなのかもしれない。技術自体は珍しいものではないが、どこも財政難にあえぐ今の自治体で、これだけの設備を軽々しく投入することは難しいだろう、と一応企業向けの電子機器の会社で事務をしている上緒さんは思う。

その間にも、ストレスを感じさせない速さで、住所や生年月日、個人端末情報《プライバシーデータ》が吸い上げられる。

「ありがとうございます。こちら、通常業務の範囲でのみ使用させていただき、外部へもらすことはありません」

よく聞く定型文を述べたあと、「サエズリ図書館の利用規約を説明いたします」とワルツさんの流れるような説明が続いた。

「図書の貸し出し期間は二週間。ひとり五冊までとなります。延長はネットワーク上から行えますが、四週間以上の延長は、一度図書館に出向いていただいて借り直しという形をとらせていただきます。同一図書の貸し出し回数に制限はありませんが、予約者がある図書は、その限りではございません。予約者の有無はネットワーク上から確認していただけます。予約は一度に三冊まで。新刊のリクエストに関しましては、購入をお約束は出来ませんがお気軽にどうぞ。カウンターまで申し出ていただくか、ネットワークでも受け付けております。また、休館日は毎週月曜日ですが、不測の停電等が長く続く場合、システム障害などがおこった場合は臨時休館をいただくこともあります。その場合は貸出期間が延長されます。カードに表示されますよ」

差しだされたカードは、薄い水色をしていた。名前と番号、それから液晶表示パネルが埋め込まれたシンプルなものだ。

「こちらが館内の地図となります。一階、二階は開架となっており、閲覧は自由です。比較的新しい図書があります。地下は書庫となっており、戦前《B・P》の古いものが主です。書庫には利用者登録を済ませ、カードをお持ちでしたら入室が出来ます。地下の一部は閉架となっており、職員でないと入室出来ない場所がありますので、ご了承下さい。検索結果に閉架と書いてある場合は、一声おかけ下さいね。また、各棚に検索端末を備え付けてあります。使用は自由です。もちろん、わからない場合はいつでもお尋ね下さい」

表示された地図を見るも、なかなか実感がわかなかった。一階、二階、地下もあるとすれば、上緒さんは間違いなく、これまで生きてきた中で一番本がある空間に立っていることになる。

「それでは最後に規約の中でも一番重要な部分にチェックをいれていただきます」

上緒さんの名前が入った利用者登録画面が切り替わり、ワルツさんはゆっくりと、いっそう丁寧《ていねい》な調子で口を開いた。

「当図書館には、特別保護司書官が配備されています。当館の資料については、すべて特別保護司書官の管轄《かんかつ》となることをご了承下さい」

口調は丁寧だったが、上緒さんは首を傾《かし》げた。

「あのう、特別保護司書官……って?」

その問いを予想していたのだろう。ワルツさんがまつげをおろし、形のよい唇《くちびる》でなめらかに説明をした。

「現在ではあまり耳にしなくなりましたから、ご存じないかもしれませんね。かつて国会図書館をはじめ、資料の保存を目的とした、特別な図書館の蔵書にマイクロチップが埋め込まれました。その各図書情報の管理、特に位置情報へのアクセス権を認められた者を、特別保護司書官と呼びます」

「ええと、つまり」

「つまり、当館で必要と判断した場合、貸し出されたもの、されていないもの問わず、資料の位置情報を調べる場合がある、ということです。当図書館では紛失や破損による弁償を受け付けておりません。基本的に利用者の方に金銭を請求することはありませんが、その代わり、なにがあっても、貸した図書は返していただいています」

なにがあっても。その言葉が重く、強烈に思えて、上緒さんは小さく息を呑んだ。確かに全図書のチップが位置情報把握のために動作するのであれば、どこに本があってもわかるだろう。同時に、先に感じた不可思議さにも説明がつく気がした。

本を借りた、岩波さんが、どこにいたのか。

貸し出し図書の位置情報を画面に表示すれば、岩波さんの居場所も、魔法のようにわかるということだ。

（つまり……）

目の前に佇《たたず》むワルツさんを見上げて、上緒さんは呟いた。

「──あなたが?」

「はい」

答えるワルツさんが、整った形の唇を持ち上げる。爪の美しい指先を、自分の胸元に。

「わたしがサエズリ図書館代表であり、特別保護司書官です」

どこか誇らしげに、そう名乗った。

すべての登録が終わると、耳にやわらかなクラシック音楽が届いた。続くアナウンスは、閉館の三十分前を告げるもの。ワルツさんの声の録音だ、と上緒さんは思う。定時のアナウンスに、合成音ではなく録音を使うとは昨今珍しいと感心した。

「今日は、本、借りていかれますか？」

ワルツさんに尋ねられて、上緒さんは利用者カードを握りながらうろたえる。

「あの、なにか、オススメありますか？」

尋ねてから、自分はなにを言っているのだろう、と恥ずかしくなった。オススメの本は、なんて。小学生が国語の先生に聞くんじゃあるまいし。

けれどワルツさんはうろたえるようなことはなかった。

「これまで、読書の習慣は？」

「ええっと……あ、あんまり……」

恥ずかしそうに首を縮めながら呟く上緒さんに、ワルツさんは目を細める。

「そういう方、多いんですよ。今は活字といえばネットワークですものね」

非難でも落胆でもなく、自然なフォローのような、優しい口調だった。「わたしの個人的な趣味でかまいませんか？」とワルツさんが尋ねる。

「は、はい！　……出来ればあまり……難しくないものを……」

「もちろんです」

言いながら、ワルツさんはすでに歩き出していた。その横顔がひどく楽しそうなので、上緒さんは不思議な気持ちになる。

なにがそんなに嬉しいのだろうか。利用者が増えれば、図書館の実績になるからだろうか。

「大人になってから触れる絵本も格別ですが」

人がめっきり少なくなったサエズリ図書館を歩きながら、ワルツさんが口を開く。

「あまり短い物語だと、本を読んだ、という気持ちにはなりません」

静かな図書館に、ワルツさんの声だけが響く。

「ノンフィクションやエッセイは相性や、普段の生活からの好みもありますし、普遍性には欠けますね」

お仕事の帰りでしょう？　とワルツさんが上緒さんに尋ねる。いきなり問いかけられて、上緒さんは背筋を伸ばして「はい」と返事をする。

「お疲れ様です。それでは、図書らしく、読書らしく、重みがあり、厚みがあり、それでいて遠くまで飛べる」

ワルツさんは低めの棚から、ハードカバーの一冊を取り出して、言った。

「長く読みつがれた、海外児童文学の愛蔵版です。読みやすいですよ」

山吹に近い色をした、カバーのない、固い表紙。指先に力をいれながら、その弾力を、上緒さんは不思議そうに確かめた。

生まれてはじめて手にする、図書館の本だった。


少々傷物になってしまった車を走らせ、単身者用の集合住宅に帰り着くと、上緒さんはスーツをぬいで無造作にソファの上に投げた。シャワーを浴びに風呂場に向かいながら、玄関先に置いた、ナイロン袋入りの自分のパンプスを見て。

(仕事用の靴、買いにいかなきゃな)

忘れないように、ナイロン袋はそのままにしておくことにした。

靴箱の中、地味なパンプスはあれ一足だけだった。サンダルなんかで行ったら、お局さまになにを言われるかわからない。

シャワーを浴びて髪を乾かしながら、置いてきぼりの弁当箱をあけて、アスパラベーコンをつまんだ。秋口でまだ蒸し暑いが、傷《いた》んではいなかった。そこでようやく、上緒さんは今日一日が、それほど悪いものじゃなかったかもしれないなと思った。

うん。しんどいことが多い一日だったけれど、少なくとも、最悪なんかじゃなかった。

上緒さんは手を洗うと、仕事用の鞄《かばん》を開いて、持ち帰った本を取り出した。

ソファに座って、固い表紙をめくると、あのサエズリ図書館のにおいがした。なめらかな紙をなでて、インクの染みを確かめる。文字は焦げ茶だった。しおりの代わりになる、黄色い紐をなぞったり、総ページを確認したり。しばらくそんな風にして、ようやく上緒さんは文字を追いはじめた。

「……」

読みながら、うつぶせになり、仰向《あおむ》けになり。

「…………」

指先で文字をたどり、行っては戻り、を繰り返し。物語の中、時代と世界の説明は、上緒さんの現実と乖離《かいり》しすぎていて、最初が肝心だと思うのに、どれも頭に入らず苦労した。食べ慣れていないものを無理矢理口に入れる感触で、咀嚼《そしやく》の仕方が見つからない。本文をつまんで、残りのページの分厚さを確かめながら、片眼をつむって言った。

「ながい……」

昔はそりゃあ、読書感想文を書いたこともあるから、このくらいの文章は読んでいたのだろう。しかし、高校を出て働きはじめてからは、物語を追うなんて機会はめっきりなくなってしまった。

事務職をはじめてからは毎日文字に触れるも、せいぜいが一度に一画面程度。

終わるのだろうか、二週間で？　そのためには毎日何ページ読まないといけないのだろう。

ああ、頭が働かない……。

いつの間にか、ソファに横になったまま、上緒さんの意識はとろとろと溶けていった。

翌朝ソファの上で目を覚ました上緒さんは、掛布団といえば胸元に広がった本が一冊あるだけ。身体のきしみを感じながらも着替えを済ませ、普段よりも二段階ほど省略した簡単な化粧をして、チョコレートを数個食べると家を出た。休日の午前中から外に出るだなんて、滅多にないことだった。

サエズリ図書館の駐車場に車をいれると、昨日も見かけた警備員さんが、肩を揺らしながらやってきた。

「ああ、あんた」

入れ歯だろうか。不明瞭《ふめいりょう》な発音で、窓をあけた上緒さんに言う。

「あんたはあっち。岩波さんが、来たら回してくれと、言うとった」

軽く礼を言って、指示された、車の少ないエリアに停める。隣には岩波さんの車があり、すでに岩波さんは塗装に磨きをかけていた。昨日と同じ、ねずみ色のツナギ。首に黒く汚れた手ぬぐいをかけて、厳《いか》つい顔を拭《ふ》いている。

岩波さんの車のボンネットには、昨日借りたのだろう、車の整備の本が一冊、シートの上に開いたまま置かれていた。

「おはよう」

「おはようございます」

挨拶《あいさつ》を交わして、上緒さんは車を覗き込む。助手席にまた、本が積まれているのが見えた。

今度は図書館のラベルがついている。昨日館内で読んでいたものと同じ本だ、と気づいた時、上緒さんは思わず声をあげていた。

「もう読まれたんですか⁉」

「ん？」

岩波さんが顔を上げる。日に焼けた浅黒い肌に、髪と眉だけが白かった。

「ああ、半分はな」

「半分って……」

一冊一冊は、上緒さんが借りた本よりも薄く感じられたが、それでも一日で読むなんて、しかも複数冊、昨日の夜に借りて！　上緒さんは、わけがわからない、と思った。すごすぎて、よくわからない。

「本って」

不躾だとは思ったが、上緒さんは聞いていた。

「本ってどうやったら、こんなにたくさん読めるんですか？」

岩波さんは丁寧に作業をしながら、顔を上げずに答える。

「好きになれば、読めるだろう」

「どうやって好きになりますか？」

「そりゃあんた。面白ければ、好きになるだろう」

岩波さんは整備の本のページをめくろうとして、手を止め、首の手ぬぐいで指先を拭いた。

その仕草に上緒さんが慌てて、一枚ページをめくってあげる。

実家の祖父母をはやくに亡くしている上緒さんは、老人に慣れていない。皺の浮いた手が珍しかった。老いたそれは細い指かと思ったのに、短くがっしりと太くて、爪は濁《にご》っていたけれど、震えもせずに器用に動くようだった。

「本は読まないかい？」

上緒さんがページをめくる様子を見て、岩波さんが尋ねた。

「雑誌、とかなら……でも、それも端末とか、ディスプレイが多くて……」

上緒さんにとっては、雑誌を読むことは買い物をするのに近い感覚だった。通販を多用しているからだろう。気に入ったものはすぐに注文してしまうことにしている。時々流通が滞《とどこお》って届かないこともあるけれど、上緒さんの住む町では買えないものも多いのだ。

「同じことだし、違うことだ」

しゃがみ直しながら、岩波さんは言う。

「本にしかないもんもある。それがいいと思えば、本がよかろう」

本を読む人間が立派なわけではない、と岩波さんは、ひとりごつように言った。作業の手を止めることなく。

「わしは毎日本を読むがね、娘はわしの本好きを、贅沢《ぜいたく》趣味だと渋い顔をしたし、端末映像やデータの方が万倍面白いと、何度も言ったよ。それは正しいんだろうと、わしも思う」

続いて落ちた呟きは、悔いのようであったし、諦《あきら》めのようでもあった。

「行き過ぎた執心は病だ」

上緒さんはこたえることが出来なかった。確かにそうかもしれないと、思いもしたのだ。言葉を返せず佇む上緒さんに、もうしばらくかかるから図書館の中で待つがよいよ、と岩波さんは言ってくれた。

時間を潰すには、これ以上ない場所だから。


図書館のカウンターには、昨日と同じ白髪のサトミさんが座っていた。上緒さんがカウンターに近づくと「おはようございます」と事務的な挨拶で迎えてくれた。低い声は好意的と言うにはほど遠いので、威圧感を覚えてしまうのは仕方がないことだ。

「おはようございます。あの、ワルツさんは事務室ですか？」

借りた本は持ってこなかったけれど、昨日借りたサンダルを返さねばならない。カウンターに差しだすわけにもいかないから、事務室に向かおうと尋ねたら、サトミさんはちらりと自分の腕を見た。ベルトの細い、可愛い腕時計だった。綺麗に磨かれた爪といい、そういうのが好きなんだな、と上緒さんは思った。そう思ったら、なんだか親近感がわいた。

腕時計を確認したのは一瞬。サトミさんは顔を上げる。

「この時間はまだ、配架と書棚整理にあたっているはずです。公開ホールのどこかにはいるはずですが、呼び出しをかけますか？」

「いえ！」

自分で探してみます、と言おうとして、ふと思いついて、上緒さんは聞いた。

「岩波さんを探した時のように、位置情報を見るんですか？」

その言葉に、サトミさんが視線をずらす。

「いえ。この図書館の特別保護司書官はワルツさんだけですから、私に書誌座標のアクセス権はありませんし、閲覧も出来ません」

それは、つまり。上緒さんが続けようとしたが、背後で自動ドアが開く音がして、他の客が現れたのだとわかる。

「こちらの端末には呼び出し機能がありますから、見つからなかったら、またどうぞ」

「はい！」

上緒さんはそそくさと館内に足を踏み入れた。開館したばかりの図書館は人も少なく、すぐに会えるだろうと思っていたが、背の高い書棚が視界をふさいで、まるで迷路のようだった。

探し人は、なかなか見つからない。

「……あ」

ようやく見つけた姿勢のいい後ろ姿にほっとする。声をかけるわけにもいかなくて、近づいていくけれど、ワルツさんは気づかない。どうやら立って、本を読んでいるようだった。背後に立っても振り返ってくれないので、上緒さんは躊躇いがちに、口を開く。

「あのーワルツ、さん？」

「はい⁉」

肩を揺らして、パタン、と本を閉じる大きな音とともに、ワルツさんが勢いをつけて振り返った。胸には大事そうに、今読んでいた本を抱えている。

「ご、ごめんなさい」

あまりに驚いた様子に、逆に悪いことをした気持ちになって、上緒さんは思わず謝っていた。

「あ、えっと」

硬直していたワルツさんが、謝罪をうけて戸惑うようにまつげをふるふると揺らし、それからぺこんと頭を下げる。

「こちらこそ、ごめんなさい……」

恥ずかしそうに、ワルツさんは頬を染めた。その愛らしい様子に、上緒さんは笑う。

「読書中でしたか？」

ワルツさんは、よけいに身体を小さくしながら、本を抱き直す。

「勤務中、なのですけど」

そこで、長い指を口元に。小さな声で、懇願した。

「サトミさんには、内緒にしておいて下さい」

それは、小さな子供が叱《しか》られることに怯えるようだった。

「わかりました」

任せて下さい、と自分の胸を叩きながら、上緒さんは言う。

「やっぱり、本、好きなんですね」

なにを今更、というようなことだった。けれど、仕事はいつも、好きと直結するものではない。好きで仕方がない仕事につければそれにまさるものはないけれど、世の中はいつだって、思う通りには運ばない。はじめた仕事を好きになるか、好きでもない仕事を続けていくか。どちらかといえば後者な上緒さんは、ワルツさんを羨《うらや》んだし、同時に素敵なことだと感激した。

言われたワルツさんは、花がほころぶように笑う。

「はい。この図書館の蔵書は、わたしの宝物です」

宝物とはまた、大仰な言葉だったけれど、上緒さんは否定することはせず、頷くだけでこたえた。

「これ」

ナイロン袋に入ったサンダルを差しだして、頭を下げる。

「ありがとうございます。助かりました」

どういたしまして、とワルツさんが受け取る。今日の上緒さんは学生時代によく履いたスニーカーを靴箱から引っ張り出してきていた。

「本は読まれましたか?」

次に問いかけられたのはそんなことだった。昨日の今日という性急さに、上緒さんは驚くと同時に笑ってしまって、指で薄い隙間をつくりながら、

「まだ、ちょっとだけ」

と答えた。ワルツさんも自分の気の早さに気づいたのか、「そうですよね」と眉を下げて笑うと首を傾げた。その仕草も愛らしかった。

そんなワルツさんにも聞いてみよう、と上緒さんは思う。岩波さんに聞いたらよくわからなかったので、また少し違う聞き方で。

「本を読む時の、コツとかって、ありますか?」

「コツ、ですか?」

ワルツさんはぱちぱちとまばたきをした。天然物の色の薄いまつげが、ぱさぱさと揺れて、音がしたような気がした。

「んー……」

そのままワルツさんは天井を見上げて、それから、ぱっと気づいたように、視線を戻して言った。

「あ、トイレ」

「トイレ?」

上緒さんは面食らう。すると、ワルツさんは神妙に頷いた。

「トイレには行っておくといいと思います。いいところで中断されると、悔しいですから」

そういうことを聞きたかったわけではない。けれど、上緒さんは思わず笑ってしまった。

全然参考にはならなかったけれど、その答えは素敵だなと、上緒さんは思ったのだ。端末は片手で使えるし防水加工もしてあるから場所を問わない。けれど本は、紙とインクだから不自由もあるし、場所も問うんだと思った。

わかりました、と上緒さんがこたえると、ワルツさんがなにかに気づいたのか、軽く肩を揺らした。ポケットから取り出した端末に「あら。お客さんだわ」と呟くので、上緒さんはワルツさんの業務の邪魔をしていることに思い至る。

「すみません、お引き留めして」

いいえ、とワルツさんは綺麗に笑った。胸に抱いたままだった本を棚へ、丁寧に戻すと、

「それでは、よい読書を」

そう言い残し、去っていく。

よい読書。上緒さんがその言葉に驚いたのはきっと、読書に良し悪しがあるなんて思ったことがなかったからだ。同時にもっと、神妙に読書と向き合わなければならないのだなと背筋を伸ばした。そう、とりあえずトイレにでも行って。

まだここで時間を潰すのだろうから、とにかく本を読んでみよう、と上緒さんは思う。靴を買いに行くのは、明日でもいい。

でも、なにを読めばいい？

まったく思いつかなかったので、上緒さんは一歩前に出て、ワルツさんが抱いていた本を覗いてみた。白い表紙に金の文字の、確か……。

これだ、と手に取って、引き出してみようと力をかけて、手を止めた。

「『脳外科の権威と肖像』……？」

っていうと、なんだろう？

なんだかよくわからなかったけれど、とりあえず、引き出した図書は上緒さんの手に重く、その内容もきっととびきり重いに違いない、ということだけはよくわかった。わかったのはそれだけだったけれど。

よい読書への道は、上緒さんには厳しそうだった。

天気のいい休日でもあったから、徐々に図書館の中は人が増えていった。目にとまるほとんどが上緒さんよりずっと年配の利用客で、時折小さな子供が視界に現れると、思わず視線で追ってしまう。今駆けていった、互いに似ている子供達は兄妹だろうか？　追いかけるのも不自然なので、上緒さんの中で疑問は疑問のままだった。

利用客は図書館によく慣れているようで、めいめいに図書を借りたり探したり、読んだりしている。上緒さんはといえば、うろうろと書棚の隙間を歩きながら、本にもいろいろあるのだと、とても平凡なことを思った。古い学術書や歴史書、文豪の書いた物語ばかりが本ではないのだ。

それぞれのジャンルの本は、これまで知っている誰かを彷彿《ほうふつ》とさせた。もっと正確に言うならば、本は多くありすぎて、誰かを彷彿とさせるような本しか目にとまらなかった。園芸の本を見て父を思って、料理の本を見て母を思って、歴史小説を見ては岩波さんを思い出した。図書館の歴史、という本が並ぶ棚で、上緒さんは足を止めた。

一冊取り出して、目次を見る。

『特別保護司書官』という見出しを探して、ページをめくった。該当の箇所には、司書の変遷とその種類、そして特別保護司書官を定義する条文と、その権限について書かれていた。あとは、国立図書館を例にとり、データ運用の方法だ。

その内容は想像していたよりもずっと理系で、びっくりした。ワルツさんもこんなデータを取り扱っているのだろうなと、わからないなりに感心して、書棚に戻した。

すると前を行く女性が、カードを機械に差し込み、自動扉をあけて階段を降りていくのが見えた。分厚い眼鏡によれたジャージを着た、野暮《やぼ》ったい印象の女性だった。慌てて上緒さんが自分のカードを財布から取り出し、前を行く女性にならって同じように機械に差し込む。

ワルツさんから最初に説明を受けた。地下は書庫になっているという。入ってはみたいが、ひとりでは怖い。誰か知らない相手とでも、連れだっていけるのならばと思い切った。

地下には古い図書がある、というワルツさんの説明を上緒さんは覚えていた。地上にある以上の図書があるのかなと上緒さんは不思議な気持ちになった。

黒い滑り止めのついた急な階段を降りていくと、ふわっと上緒さんの身体を外とは違う湿度が包んだ。館内全体の空調は管理が行き届いていたが、それ以上にこの地下は最適な温度と湿度が保たれているようだった。人間の、ではない。本の、最適な温度と湿度だ。

やわらかな湿度とともに、鼻の粘膜を刺激したのが、劣化をはじめた紙とインク、糊のにおいだった。

その段にいたって、これは本のにおいなのだ、ということに、上緒さんははじめて気づいたのだ。

（どうしよう、なんだか）

懐かしい、と思った。近しい場所には踏み込んだこともないのに、郷愁がこみあげる。そんなにおいだった。

階段を降りきると、そこはひどく閉じた世界だった。地上を昼とするなら、地下は夜。自然光のない空間はより強い圧迫感があり、同時に静謐《せいひつ》でもあった。

息をひそめているようだ、と上緒さんは思う。地上よりも低い天井、狭いスペースにしきつめられた本が音を吸収してしまうのだというからくりを、上緒さんは知らなかった。けれど、地上の本が生きているなら、ここの本はまるで、眠る本だと上緒さんは思った。

先を行った女性はすでに木々のように生えた本棚の陰へと消えて、反響する小さな足音だけが上緒さんが孤独ではないのだと教えている。

上緒さんは一番近い棚を見た。木だ、と思う。多分、本物の木だ。木目の浮かんだ硬い素材はよく磨かれ、なめらかであたたかかった。その側面をなぞりながら、彫り込まれて漆を塗られた文字をたどり、口に出していた。

「義昭《ギシヨウ》……文庫……？」

読み方には自信がなかった。出版社の名前だろうか。聞いたことがないな、と上緒さんは思う。もちろん上緒さんが知ってる純粋な出版社なんて、そう数はなかったけれど。

不思議だったのは、上の本棚よりもずっと、地下の本は雑然と置かれていたことだった。本の背表紙はきちんと合わせてあったが、所々はいりきらないのか、横に置かれて隙間にいれられたり、手前に積まれている本もある。乱雑ではなく、むしろ自由を感じさせる置き方だった。

「わぁ……」

試しに一冊、持ち上げてみて、そのカバーの色あせた様子や、焼けた紙色に驚いた。汚いとも思えたし、アンティークでいぶし銀、という印象も同時に持った。

おじいちゃんのような本だ、と上緒さんは思う。

父母しか家族のいなかった上緒さんには、馴染《なじ》みの薄い、おじいちゃん。馴染みは薄いが、嫌いではない、そう思った。

博物館におさめられて、ケース越しでしか見られないようなものが、手の届く範囲にあるということが不思議だった。上緒さんは口をあけて本棚をたどった。雑多に置かれた書籍達が、誰かを待っているような気がした。

その誰かは、もしかしたら自分かもしれない。そう思った時だった。

「ぎゃ、」

足元のなにかに躓《つまず》いた。棚の上部に手を伸ばすための、踏み台だった。そう気づいた時には遅く、上緒さんはバランスを崩して本棚に手をついた。そこには積み上げられた本があり、あっという間に大きな音を立てて数冊足元に落ちた。

「ぎゃー！」

思わず声をあげて、上緒さんはしゃがみ込む。落ちた本は四冊。

「あ、あ、あ」

慌てて拾い上げながら、上緒さんは真っ青になった。ひときわ古い一冊、そのハードカバーの表紙と中身が無惨にも離ればなれになっていた。

どうしようどうしようどうしよう！

頭の中は真っ白になった。

「おやおや」

悲鳴を聞きつけたのだろう。後ろから上緒さんを覗いてそんなことを言ったのは、先に書庫へと降りていった、眼鏡の女性だった。長い黒髪をひとつにくって、眠そうな細い目をよけいに細くして上緒さんを見た。

「あの、あの！」

涙をためて言うと、女性は「ここにいなさい」と上緒さんに言った。そのはっきりとした言い方と、黒い縁の眼鏡とジャージも相まって、学校の先生みたいだと上緒さんは思った。迷いなく書庫の奥へと歩いていったのだから、先生じゃなくても何かの研究をしている人なのかもしれない。その婦人は「ワルツさんを呼んでくるから」そう言って歩き出す。一度数歩戻ると、本棚の間から顔を出して、言う。

「逃げちゃだめよ」

ぴんっと上緒さんの背筋が伸びる。

逃げない。逃げたり、しない。駐車場の事故の時だって、逃げなかったんだもの。

上緒さんは涙で揺れる視界の中で、脱皮するみたいに中身と表紙が外れてしまった本を見た。よくよく読んではいないけれど、宗教の本のようだった。ほつれた糸がわびしかった。壊れてしまった、と思った。壊してしまった。なんて取り返しのつかないことをしてしまったんだろう。ワルツさんはなんと言っていたっけ、弁償はないと言っていたんじゃなかったか。じゃあ、一体、どうするんだろう。

書庫に敷かれた赤い絨毯《じゅうたん》に座り込んで途方に暮れていたら、ぱたぱたと軽快な足音。ひょいっと現れる、ワルツさんの顔を見たら、来るとわかっていたのに上緒さんの肩が怯えて揺れた。

「あの、あの、つまずいて、お、落として、しまって」

壊れた本を持つ手がぶるぶると震える。ワルツさんが黙って手を差しだしたので、そこへ本と、それからはがれてしまった表紙を載せた。

「ごめんなさい……！」

涙はこぼれんばかりだった。ワルツさんが黙って本を見て、それから軽く表情がかげるのがわかった。わかってしまったから、やっぱり胸がしめつけられた。

「上緒さんって」

急に名前を呼ばれてびっくりした。昨日会って、登録をしたばかりなのに覚えていてくれたのだと思った。自分には名札もないのに。昨日から迷惑をかけっぱなしだから、と思った。

ワルツさんは小首を傾げて、綺麗な形の眉を上げながら言った。

「もしかして、ちょっと、ドジですか？」

「ドジじゃないです！」

思わず叫んでいた。よく言われることだったから。けれどすぐにはっとして続けた。

「でも、ごめんなさい……！」

ドジじゃなくても、これは罵られても仕方ない、と思った。怯えきった顔でそう言うと、ワルツさんはふっと笑った。

「はい」

頷いて、しゃがみ込むと、ぽんぽんと上緒さんの肩を叩いて。

「大丈夫ですよ」

だからほら、立って。と促される。上緒さんは憔悴《しょうすい》しながらも、よろよろと立ちあがった。

ワルツさんは怒ってはいないようだった。

「これくらいなら、わたしにも直せますし、もしも無理なら、お医者さんに来てもらうことにします」

「お医者さん……？」

上緒さんが問い返すと、にこっとワルツさんは笑って、誇らしげに言った。

「本のお医者さんです」

修理の人のことだろうかと、おぼろげに上緒さんは思う。古文書にはその復元を専門にする人がいるそうだから、本にもまたそんな「お医者さん」がいてもおかしくない。車を直す人がいるように。また、やり方さえわかれば岩波さんのように素人《しろうと》でも出来るのかもしれない。

ワルツさんは、慈《いつく》しむようにまつげを伏せて、壊れた表紙をなでながら言う。

「ここにある本は古いものですから、こういうことも多いんです。もしも、壊れそうな本があったら、教えて下さいね。修繕に回しておきますから」

上緒さんは、頷くのが精一杯だった。どうしてもいたたまれなくて、もう一度「ごめんなさい」と言った。「はい」とワルツさんは笑った。上緒さんのことを責めはしなかったけれど、あなたのせいではないとかばうこともなかった。頷く、それが、許す行為のようだった。

「上の方で、岩波さんが戻っていらっしゃってましたよ。車の修復、終わったのかもしれません」

本が決まったら昨日と同じところで読んでいるとおっしゃっていました。どうぞ、そちらへ。そうワルツさんは上緒さんに告げて、落ちた本をきちんともとあった場所に戻し、壊れものの本を抱きしめて、奥の方に行ってしまった。

奥に、利用客の使うものとは違う、事務室の方に続く階段があるようだった。

背筋がまっすぐの、ワルツさんの背中を見ながら、上緒さんは途方に暮れたようにひとりぼっち、呼吸する古書の森の中で佇んでいた。

上緒さんのブルーの車は、綺麗に直った。

傷があったことなんて気づかないほどだった。それから、ぴかぴかの車体になった。お医者さんよりすごい、と上緒さんはとんちんかんなことを思った。

その時になって、上緒さんは岩波さんに、なんのお礼も用意していない、ということに気づいたのだ。お礼以前に、お詫《わ》びの品さえ用意していない。

「この！　お礼は改めて！」

「いいよ。ついでだから」

そのついでだって、上緒さんが巻き込んだものだった。なんらかのお礼とお詫びはせねばならない、と上緒さんは思う。でも、たとえばお金は、絶対に受け取ってくれないだろうという予感があった。改めてだ、と思う。連絡先を聞くのもはばかられたので。

「また、図書館に来ますか？」

上緒さんが聞くと。岩波さんは頷いた。

「そりゃそうだろう。借りた本は、返さにゃならん」

まったくその通りだった。本当にそうだった。

「じゃあまたここで」

「はい、ここで」

そして上緒さんは再会を約束して、ぴかぴかのブルーの車に乗って帰った。どちらかといえばブルーな休日だったけれど、それでもぴかぴかのブルーだった。

新しい靴を履いた月曜日。おうし座のA型は、朝の運勢占いでも抜群にラッキーな一日を運命づけられた。そのはずだった。

ご機嫌に家を出た上緒さんは、仕事で大きなミスをした。ひどく初歩的な、データ保存のミスだった。上司とすれ違いがあり、連絡が遅れたのがあだになった。お昼休みいっぱいかかって復旧した時には、トラブル処理として手をつける順番を間違えているのだということに気づいた。

「一体なにしに来てるの？」

お局さまはいつもみたいな金切り声を出さなかった。呆れかえった低い声で、立ちつくす上緒さんに苛立《いらだ》ちをぶつけた。

「いつまでも、おうちのお嬢さんじゃあだめなのよ」

やる気がないの？　それとも向いてないだけかしら。そう言われて、上緒さんの視界が揺れた。午後いっぱい、少しでも頭を揺らせば涙がこぼれそうだった。その姿を、お局さまはうんざりした様子で見て。

「帰っていいわよ」

終業近く、ひどく冷たい声で言った。

「今日はもういいわ。いてもらっても、空気が悪くなるだけだから」

その言葉に、上緒さんはなんと答えればよかったのだろう。大丈夫です。すみません。がんばります。でも、どの言葉も言えなかった。

頭を下げて、「お先に失礼します」タイムカードを握って、会社を出た。必死になって走って、ぴかぴかの、青い車に飛び込んだ。

「痛い」

思わず口をついて出た。足元を確認した。新しいパンプスが、上緒さんのかかとをえぐっていた。皮がむけて、赤い肌が見えた。

合わなかったんだ、と思った。

なにかが、全部、合わなかったんだ。

「痛いよう」

それから上緒さんは車のドアを閉め切ってわんわんと泣いた。


酸素の少なさを感じて、顔を上げた時には、陽はずいぶんかげっていた。占いなんてもう信じないと思いながら、泣きはらした目で図書館の方にハンドルを切った。

サエズリ図書館はいつもよりずっと暗かった。

もう、そんな遅い時間だったっけ。ぼんやりとそう思って気づいた。

月曜日だ。休館日、じゃないか。

ついてない日は、どこまでいったってついてない。上緒さんは路上に車を停めて、足を引きずりながらひたひたと、暗いサエズリ図書館に近づいていった。

複層ガラスの表面に手をあてると、奥の方で、少しの光が見えた。事務室は休館日も、やっているのかもしれない。ワルツさんは今日も、いるのかもしれない。

遠いところにある蛍光灯の明かりは、セピア色の正しい色調も知らない上緒さんの郷愁を刺激した。

上緒さんが家を出て働くと言った時、父も母も反対をした。

抜けたところのある、少々頼りないひとり娘だったからかもしれない。反対を押し切って家を出たけれど、ことあるごとに、帰ってこいと父も母も言う。

帰ってこい。おまえひとりを養うくらいの稼ぎはある。たった三人の家族じゃないか。その通りだと思った。大切にしたいし、嫌いなわけじゃない。でも、そればっかりを守ってどうするんだろう。まるで未来がないような言い方だと上緒さんは思っていた。

ひとりで生きていきたいわけじゃない。

でも、ひとりだって、生きていけるようになりたい。そういう未来だって、あるんだと思いたい。

私達は悲しい時代に、寄り添いあって生まれたのかもしれないけれど。それを忘れて、誤魔《ごま》化《か》しながら生きているのかもしれないけれど。

なんにも出来なくても。どんなに鈍《どん》くさくても。

未来に夢だって、見たいじゃないか。

ガラスにうつる、上緒さんの充血した目から、涙がひとつぶ、こぼれて落ちた。

「上緒さん」

その時だった。突然名前を呼ばれて、上緒さんは慌てて首を回した。

裏の方から顔を出して、立っていたのはワルツさんだった。

休みの日なのにきっちりといつものベストを着て、髪もまとめていた。穏やかな表情で微笑んで。

「どうしましたか」

やわらかな声で、上緒さんに聞いた。上緒さんは慌てて闇に隠れるように目元をぬぐって。

「な、なんでもないです」

ひょこひょこと、無様な様子で逃げようとした。

ワルツさんは泣きはらした上緒さんの顔ではなく、その、中途半端に脱いだパンプスに目を留めて。

「どうぞ」

なんでもないことのように招き入れながら、上緒さんに言った。

「サンダル、また、お貸ししますよ」

その声がやっぱり、あんまり優しかったから。

上緒さんは鼻を鳴らして、頷いた。

サンダルに履き替えて、サエズリ図書館の裏口から通されたのは、地下の一室だった。利用者カードを必要としない、事務室の階段から降りると、関係者以外立ち入り禁止と書かれた重い扉。その奥に、小さな部屋があった。

ワルツさんが自分のカードを読み込ませて扉を開くと、本のそれにまじって、不思議なにおいが鼻先をかすめた。薬草のような、苦く甘いにおいだ。

部屋は小さかった。上緒さんの住む部屋ほどもないだろう。壁はすべて木製の本棚で、書庫に近く、それよりももっと雑多に本が並べられていた。ラベルのついた、一目で古いとわかる本ばかりだった。本と本の間にはところどころ隙間もあるし、かと思えば奥が見えないほど積み上がっているものもある。数段の梯子《はしご》になった台も備え付けられている。

本棚以外には、ランプを模した灯りの載った机があるだけだった。

全自動のエスプレッソマシーンのスイッチをいれながら、ワルツさんが言う。

「ごめんなさいね。ちらかっていて」

「ここは……？」

整然とした図書室の様子とは違う、不思議なぬくもりだった。ワルツさんが振り返って笑う。

「作業室、というふうに、わたしやサトミさんは呼んでいますけど」

ペンや定規をはじめとした文具に囲まれて、置いてあった本に見覚えがあった。土曜日に上緒さんが書庫で壊した本だった。

外れてしまった表紙は、ぴったりとくっついている。

「直ったんですか?」

「ええ、どうぞ、ご覧になって下さい。まだ糊がかわききっていないかもしれませんから、気をつけて」

おそるおそるその本を覗いて、外れないことを確かめると、上緒さんは、隣にあった一風変わった古道具に目を留めた。

「煙管《キセル》」

思わず口に出していた。置かれていたのは、年代を感じさせる煙管の一式だった。持ち運びが出来る取っ手がついた煙草盆《たばこぼん》には、灰皿と刻み煙草が詰められている。上に載るのは細い煙管だった。木で出来た持ち手と、真鍮《しんちゅう》で出来た、火皿と吸い口。すぐそばに古ぼけたマッチもあった。

「これ、使えるんですか?」

時代劇のような道具に、思わず聞くと、「はい、吸えますよ」と軽い答え。驚いて、振り返る。

「ワルツさんが?」

こんな時代遅れなものを、と心の中だけで上緒さんは思った。長年続いた嫌煙の風潮は、ほとんどの愛煙家を駆逐してしまった。上緒さんの職場でも、男性であっても喫煙者はいない。

それをこんな骨董品《こっとうひん》みたいな煙管でなんて。

ワルツさんは少し困り顔で笑うと、「少しだけ」と小さな声で言った。

「本来であれば、図書館に火気は厳禁なのですけれどね」

部屋に入る時にかすかにかおったのは、この葉が燃えるにおいだったのだろうか。想像がつかない、と上緒さんは思う。けれどこの部屋は書庫とは別に空調が入っているようだった。そういう人がいることを、見越してつくられた部屋なのかもしれないと思った。

今はそのにおいよりも強く、疑似カフェインのやわらかなにおいがしていた。

ポポポポポ、と愉快な音がして、エスプレッソマシーンが泡立ったカプチーノを吐き出したようだ。

机の上にマグカップを置きながら、ぽつりとワルツさんが呟く。

「アレクサンドリアを忘れるな」

「え？」

上緒さんが聞き返す。ワルツさんは眉を上げ、自分の言葉を誤魔化すように笑みを浮かべると、椅子に座るように促した。

「いいえ。なんでもありません。よければ、どうぞ」

「ありがとうございます」と礼を言って、上緒さんは小さめのマグカップに口をつける。すでに砂糖とミルクはまぜあわせてあった。控えめな甘さが、喉の奥からしみこんで、ずいぶん喉が渇いていたのだということに、今更気づく。

「すみません、休館日なのに」

「いいえ。ちょっと外の空気を吸いたくて、外に出たところでしたから」

ワルツさんも椅子に腰をかけ、マグカップを傾けながらそうこたえた。

「お仕事ですか？」

休館日なのに。そう尋ねると、ワルツさんは笑う。

「はい。のんびりと」

それから、小さく首を傾げて上緒さんに尋ねた。

「上緒さんも、お仕事ですか？」

問われて上緒さんは「はい」と頷き、そのまま俯いてしまった。波の震えるマグカップの表面を見ながら、ぽつぽつと、自分はなんだかだめなんだ、という話をした。

なにをやっても、一事が万事。全部だめに思えてしまう。

一度そう思いはじめたら、世の中のことも、他人のことも、みんな嫌になってしまう。

ひどく詮のないことだった。ましてや会ったばかりの図書館の司書さんにとっては、迷惑なことこの上ないだろう。

けれどワルツさんは嫌な顔ひとつせず聞いてくれた。すっかり上緒さんの弱音を聞き終えてから、慰《なぐさ》めることもなく否定することもなく、

「読書がいいですよ」

と静かに言った。マグカップから顔を上げる、上緒さんに。

「そんな日は、読書がいいです」

勇気づけるように、笑って。

「嬉しい日の読書は楽しいし、悲しい日の読書も、格別だから、大丈夫」

大丈夫ですよ。それだけを言ってくれた。


その日上緒さんは家に帰って、夕食をつまむのも早々に、ソファで本を開いた。数ページ読んで眠ってしまってから、すっかり放置していたサエズリ図書館の本だ。

綺麗に手を洗って、ちゃんと座って。先にトイレも行っておいて。

もう一度最初から読み直したら、不思議なほどに、身体に染みた。眼球を通って、頭の裏側をなぞって、喉の奥、それから指先に活字が染みていく。少し厚みのある紙をめくる、その時に鼻から息を吸う。

肺まで届く。これは、物語の中の空気だと思った。

理解出来ないものは、無理にそうする必要はないのだ。言葉と言葉を追いかけて、不意に現れる光景と感情を、こくこくと呑み込んでいけば、それでいい。

主人公は小さな女の子。その子がゆっくりとひとりぼっちになっていく描写が、自分に重なった。

可哀想。可哀想なのは誰？

この子かな。つくりものの、誰かなのかな。それとも、私かな。

赤く腫《は》れた目の涙腺はどこまでもゆるんでいて、ぽろぽろと無様な涙が落ちた。けれどそれは嫌な涙ではなかった。少女が大切なものを失うたび、そして失ったものを、少女が取り戻すたび、あたたかさに胸が詰まった。

遠くまで飛べる、とワルツさんが言った。その言葉を、嚙みしめる。

厚さが増す右手の中と、どんどん失われていく左手の重量。

そして物語には終わりがやってくる。「オワリ」をかたどる小さなイラストのあとには、作者の短いあとがきがついていた。最後の句点まできちんと読んで、分厚い裏表紙を、仕上げのようにぱたんと置いた。

「ぷあー……」

ソファに背中を預ける。ずっと前のめりになって読んでいたのだということに、そこでようやく気づいた。軽い頭痛がする。一日中数字の打ち込みをした疲労に似ていたけれど、同じものではないと思った。

時計は深夜の十二時をまわっていた。

「ドラマ、見逃しちゃった、な……」

こんなことより、やることがあったはずなんだけど。ぱらぱらと読み終わった本をめくったら、冒頭の方に開き癖がついていた。

なにげなくそのページを見ていて、もしかしたら自分のせいかも、と思うに至る。このページは最初、開いたまま眠ってしまった時のもの。あの時開き癖がついたのだろうと思って、「ごめんね」と小さく声をかけた。

読むことで、摩耗《まもう》する。形あるから、壊れもする。電子の形をした雑誌には、決してないこと。

そのまま顔を洗って歯を磨いて。泥のように上緒さんは眠った。

自分はひとりきりだ。ひとりきりだけど、本の中、もじゃもじゃ頭の小さな女の子も、ひとりきりで自分の暮らす町を救ったじゃないか。自分はあんな、神様みたいにいい子じゃないけれど。ドジだけど。なんにも、出来ないけど。あの子だって頑張ったんだから。明日から、また頑張ろう。そう思った。

「ワルツさん」

週末の金曜日。今度はちゃんと慎重に車を停めて、上緒さんはサエズリ図書館の中、ワルツさんを訪ねて声をかけた。

「上緒さん」

「先日も、ありがとうございました」

深々と頭を下げて、最初に差し出したのは二回借りたサンダルと、野菜の袋だった。

「これは？」

「両親が突然持ってきたんです。実家の庭で菜園をやっていて……。でも、ひとりじゃこんなに食べられないから。おすそわけです」

火曜日の朝、両親に電話をかけたらその日のうちに靴と野菜を持ってきた。宅配便でもなんでもなく、自分で車を走らせて。心配性で過保護なお節介、と早々に追い返したけれど、追い出してからなんだか笑ってしまった。

「迷惑かもしれませんが、よければもらってください」

母親のベージュの靴はお古でくたびれて嫌だなと思ったけれど、少し古い素材がうまく足に馴染んだ。子供みたいにかかとに絆創膏《ばんそうこう》を貼って職場に行く必要もなくなった。

「そんな、迷惑だなんて」

ワルツさんはまつげをおろして軽く頭を下げた。

「ありがたく、いただきます」

「いえいえ、本当に、うちの親、加減を知らなくて」

「心配なんですよ」

間髪《かんはつ》をいれず、ワルツさんが言った。上緒さんの返事を待たずに。

「上緒さんが心配なんです。娘を心配しない親なんて、いませんから」

そう言うから、上緒さんは自然と、首を落とすように頷いた。

ワルツさんは安心したように笑って、それから上緒さんを覗き込むように見た。少しだけ不安そうな、心配そうな顔で。

「……本、読まれましたか？」

上緒さんは顔を上げ、今度こそ、しっかりと頷いた。

「今、カウンターに返却してきました。とっても面白かったです」

ぱっとワルツさんの顔に花が咲く。

「嬉しい」

借りた本が面白かった、ただそれだけなのに。上緒さんの手柄でもワルツさんの手柄でもないのに、こんなに喜ばれるなんて、気恥ずかしい気持ちになった。けれど嘘でもお世辞でもなかったから、上緒さんは重ねて言う。

「また、おすすめの本を教えてもらっても、いいですか？」

「もちろん！　同じ作者の、よい短編集があるんです。今度は少し、大人向けの。書庫の本で少々古いんですが、文庫本で持ち運びも出来るし、是非読んで欲しいんです」

今、書誌データを出しますね、と張り切るワルツさんに、上緒さんが尋ねる。

「あ、ワルツさん、岩波さんって今日も来てらっしゃいますか？」

「いつも通りでしたら、いらっしゃってますよ。お探ししますか？」

「いいえ、大丈夫です」

自分で探してみますから！　と元気よく答え、ワルツさんから書誌のデータを受け取ると、書庫に降りて、渡されたラベル番号と、本を何度も照らし合わせ探し当てた。時間は、少々かかった。薄い文庫本だと聞いていなかったら、見逃していたかもしれない。けれど、見つけた時に、この本は自分を待っていた本だと思った。

この森の中で眠り姫みたいに、自分を待っていてくれた本だ、と。

ハードカバーではない、薄く軽いそれを丁寧に取り上げて、軽快に階段を上る。

一階の書棚を通って、二階のソファへ。そこに、相変わらず、ツナギを着た岩波さんが座っていた。

「こんばんは」

「はい、こんばんは」

岩波さんは本から少し顔を上げ、軽く会釈をする。上緒さんは野菜の入ったナイロン袋を差し出しながら、長い話になって読書の邪魔をしないように、早口で言った。

「あの、これ、ありがとうございました」

「ん？」

中身を覗いて、岩波さんは少し困ったような顔をする。

「礼なんざいらんのに。退屈しのぎの素人仕事だよ」

「いいえ。でも、お詫びと、お礼です」

まだ貸し出しをしていない、小さな文庫本を胸に抱いて、上緒さんは言う。

「岩波さんがああして、私の車を直すと言ってくれなかったら、多分私、このまま一生、本を読まないで生きていったと思うから」

岩波さんは上緒さんの言葉に即座にこたえず、胸元の文庫本をさして、「……それは？」と尋ねた。

上緒さんは笑う。表紙を見せながら。

「今日借りる、本です」

前に借りた本は、読み終わったから。そう言ったら岩波さんは、その皺の浮かぶ目元を細めた。

「……面白かったかい？」

「はい！」

自信を持って、上緒さんは頷いた。

「…………」

その言葉に、岩波さんはゆっくりと息を吐いて、膝にのせた本を閉じた。

「あんたみたいな若い娘さんも、本が好きだと言うとはね」

しみじみと、味わうような呟きだった。

「……うちの、娘は、一冊も本を読まずに、死んでいったというのにな」

それは、突然の告白だった。上緒さんは心臓をわしづかみにされたような痛みに見舞われた。あまりのことに、息が詰まるかと思った。

娘を亡くした、と岩波さんは言った。この、浅黒く陽に焼けた、矍鑠《かくしゃく》として思慮深い、それでいて手先の器用なおじいさんから、そんな悲しい言葉を聞くとは思わなかった。なぜ、とは、上緒さんは聞けなかった。聞いた方がいいのかもしれないと思ったけれど、詳細を聞いた、その後に、かける言葉が自分の中にあると思えなかったのだ。

行き過ぎた執心は病だ、という岩波さんの言葉を上緒さんは思い出す。

この世に病はたくさんある。病に至る悲しみも、この世界には、本当にたくさんある。

慎重に、何度か深呼吸をして、上緒さんはつとめてやわらかく明るい声で言った。

「私、おじいちゃん、ずっと、ずっと前に亡くしました」

私が生まれてくる前に。そう呟くと、「そうか」と岩波さんは、細めた目元をいっそう細くした。そして、誰に言うでもなく、呟くのだ。

「生きてるもんは、せめて、立派に、生きていかなきゃならんなぁ」

そうですね。そう、上緒さんが言って、優しく笑った。その時だった。

「どういうことだ！」

図書館に似つかわしくない怒号が階下から響いてきて、慌てて上緒さんは、吹き抜けの手すりに摑《つか》まり、一階のホールを見下ろした。中央の貸し出しカウンターの前で、白衣のような服を着て杖をついた老人が、サトミさんに向けて怒鳴りちらしているのがわかった。上緒さんは岩波さんと目を合わせ、ぱたぱたと階段を降りていく。野次馬は決していい趣味ではないと思ったけれど。

会話が聞こえる距離まで近づき、足を止めた。

「図書館では、お静かに願います」

「責任者を出せ、と言ってるんだ、地下の書庫のリストもな！」

「利用者登録をお済ませ下さい。利用者カードを差し込めば、書庫に入室していただけます。端末での検索は自由です。貸し出し冊数は五冊まで。貸し出し期間は二週間です」

完全に事務仕事に徹する口調でサトミさんが淡々と告げる。

「それが前時代的だというのがわからんのか！」

老人が怒鳴る調子を強める。その目元には、特殊な補助スコープがはめこまれていた。先進時代のものらしきそれは、すっぽりと双眼を覆う埋め込み式であったため、彼の視線がどこを向いているのかはわからないが、顔に刻まれた皺や歯の色が、老いの深さを物語っていた。

どんな場所でもわけのわからないクレーマーがいるということを、社会に出て二年目の上緒さんはよく知っている。そしてその中でも、この客は冷静に相手をするのが辛いタイプだということが容易に想像出来た。

サトミさんは眉ひとつ動かさないという、プロフェッショナルぶりを見せて。

「責任者は只今《ただいま》参ります。お待ちのお客様、こちらへ」

老人の斜め後ろにいた自分が呼ばれたのだと、気づいて上緒さんはハッとした。慌てて前に出る。それが、少しでもサトミさんの助け船になればいい。そう思ったのだ。

「あの、これ、貸し出し……」

手に持った古い文庫本をカウンターに置こうとして、顔を真っ赤にした老人に本をひったくられた。

「あ、ちょっと！」

なにするの、と声を荒らげようとした時だった。それより大きな声に、かき消された。

「お前、これがなにかわかっているのか！」

老人は穴があきそうなほど文庫本に目を近づけ、その文字をスキャニングする動作をした。

身分証を読み取ったものと、同じシステム。そして、噛みつくように上緒さんへ言う。

「この本の価値をどれだけ知っている。戦前《B・P》の廉価《れんか》大衆本、しかも初版だぞ、原版はすでにこの国から消えた、実物でも完本はほぼ残っていない！　それを、お前みたいな子供が軽々しく扱ってもいいと思っているのか！」

今にも血管を切りそうな剣幕に上緒さんはたじろぎながらも、同じように頭に血をのぼらせそうになった。もう少し上緒さんが俊敏だったら、なにか反論を口にしていたかもしれない。けれどその時、外から慌てて入ってきたのは、普段図書館の駐車場に立っている警備員だった。

「お客さん、落ち着いて。向こうで……」

とにかく向こうで話しましょう。そう促す警備員を、老人は杖を振り上げて振り切る。

「私に触るな！」

高齢の警備員はバランスを崩して尻をつく。顔を歪《ゆが》めたので、上緒さんはひやりとした。先に立ちあがっていたのはサトミさんの方だった。座り込んで警備員をいたわりながら、ひどく冷たい口調で、

「警察を呼びます」

そう呟く。返ったのは嘲《あざけ》るような笑いだった。

「かまわんぞ、あんな奴らになにが出来る！　私の顔と名を見て、手など出せるわけがない！　こんな狂った施設、今すぐ閉鎖させる必要がある！」

狂っているのはどちらの方だと、上緒さんが頭に血をのぼらせたまま口を開きかけた、その時だった。

「図書館では、お静かに願います」

パンプスのかかとを軽く鳴らして、地下から現れたのはワルツさんだった。サトミさんよりもっとずっと、落ち着いた声だった。館内に張り詰めていた緊張が少しだけゆるみ、その分老人のささくれた苛立ちだけが募ったのが、そばにいた上緒さんにはわかった。

まっすぐに歩いて来たワルツさんは、老人に手をさしのべて。

「失礼ですが、お客さま。その本はわたしがそちらのお客さまに資料案内《リファレンス》したものです。貸し出しを希望される場合、予約の申し込みをしていただくことになります。身分証をご呈示いただけますか？」

淡々とそう告げた。

「なんだ、こいつは」

老人は、カウンターのサトミさんよりもずっと若いワルツさんのことを、不可解なものを見るように睨《にら》んだ。

「責任者を出せ、とおっしゃったでしょう？」

わたしがサエズリ図書館の代表です。

淡々と起伏のない声で、それだけをワルツさんは告げた。

「代表、だ？　お前のような……」

続いたであろう罵倒《ばとう》の言葉を遮《さえぎ》るように、ワルツさんが言葉をすべりこませる。

「身分証をご呈示下さい。聴覚補助のためのデータ通信機が必要ですか？」

老人の灰みがかった肌が色を深くした。お前の耳は聞こえないのか。そう尋ねているも同じだった。実際、視覚には補助のスコープを当てているのだから、強烈な嫌味になったようだった。骨の浮いた手が、カウンターを叩く。

「貴様のような、ものの価値のわからん人間が責任者だから、このような文化の冒瀆《ぼうとく》と虐殺《ぎゃくさつ》がまかり通るのだ……！　なにが代表だ、責任者だと!?　貴様のような小娘が、戦前《B・P》の、純然たる『紙の本』の価値を、どれほど知っている！」

唾《つば》を飛ばさんばかりの老人の言葉に比べて、ワルツさんは静かに言う。

「リストの閲覧を、ご希望でしたね」

サトミさん、書庫のデータを。その言葉を予測していたように、サトミさんがすみやかに手元の端末画面を、机と平行にした。

立体ディスプレイにうつしだされるのは膨大な量の書誌リストだった。老人がスコープのつまみに触り、ディスプレイと同期させると、息を呑んだのが気配だけで上緒さんにはわかった。

ワルツさんはかつて利用者案内を行った時のようになめらかな口調で、老人に告げる。

「書庫に配架された戦前《B・P》の書籍はおよそ十二万五千冊。その中でも廉価大衆本は半数以上に及び、完本の電子データが共有ネットワークに存在せず当館のみのものだけでも四万冊。また、状態の悪さなどから閲覧のみとなっているものに関しては一万二千冊。その中には、ヨーロッパで一五〇一年以前に活版印刷された初期印刷本《インキュナブラ》も数冊あります。これらはすべて、すでに値段のつけられるものではありません」

ですから、わたしにはこの図書の価値を、測ることは出来ない。淡々と述べた後、ワルツさんはまっすぐに老人を見た。

「それが、この図書館です」

ワルツさんが言い終えても、背後の立体ディスプレイにはまだ、データが流れ続けていた。高速で浮かんでは消える、泡のようなそれらの文字が、ものの価値もわからないとされる上緒さんをも圧倒した。

老人の、歯ぎしりをする音が聞こえるようだ。

「――ふざけるな！　たとえ電子データを保存していたとしても、やすやすと人の手に貸せるものではない、すでに大部分が失われた、貴重な文化財だぞ！　それを知っていながら、なにを思ってこんなもの……！」

老人は怒るよりも嘆くように、ワルツさんに詰め寄った。

「この百年、たった百年だ！　どれだけの本が焼かれ、どれだけの本が消えた⁉　そしてどれほどの人間が、こうした本を求め、手に入れられぬまま――……」

まくしたてられる言葉にも、ワルツさんはひるまなかった。

「借りたい人がいるからです」

まっすぐにその、黒い補助スコープのついた目を見て、言った。

「読みたい人が、いるからです」

「……貴様のような小娘に、なにが――！」

また、その震える拳を振り上げようとする。ひやりと嫌な予感がして、上緒さんは声をあげた。

「ワルツさん！」

サトミさんはすでに、警備員さんを連れてその場からいなくなっていた。ワルツさんを守る人は、誰もいない。

しかしその声に、先に反応したのは老人の方だ。

「……ワルツ？」

低く、絞り出すような声で、信じられないとでも言うように、静かに言った。

「ワルツ、だと」

補助スコープのついた目は動かすことがかなわず、壊れた人形のように首を振りながら、老人は言う。

「ワルツが、どこに」

その声は震えていた。杖を握る手もまた。怯えるように、惑うように。

なにかを悟り、「やっぱり」と囁《ささや》くような声で、ワルツさんは言う。

「父を、ご存じなのですね」

そこでようやく、老人はワルツさんの胸元、そのネームプレートに、顔を近づける。ゆっくりと、スコープの焦点を合わせる、沈黙の時間が流れ。

「馬鹿な」

かすれた呟き。それから。

「ギショウに娘などいなかった！」

突然、激高《げっこう》したように叫んだ。その激情のまま、噛みつくように言う。

「貴様どこの馬の骨だ！　ギショウの財を、あいつのコレクションを、かすめ取って食いつぶす気か！」

「ワルツさん」

その時低く、大きな声が響いた。上緒さんが振り返れば、立っていたのは、岩波さんだった。

「そいつを叩き出さないか。わしはもう、我慢がならんぞ」

岩波さんは、肩をいからせ何度も自分をなだめるように深呼吸をしながら、恨みのにじむような深い声で言った。

「ここは、あんたの図書館だ。それくらい、しても構わんのではないかね」

「岩波さん……」

ワルツさんが、そこでほんのわずかに戸惑う表情を見せた。

「ふざけるな」

老人はわなわなと身体を震わせながら吐き捨てた。

「全力で潰してやる。どんな手を使ってでも、私の残った、すべての財で、この図書館を買い取るぞ！　いいか、こんな冒瀆は許さない。ギショウの形見は、詩の一篇たりとて誰にも渡さぬ！　ここにある図書はすべて、しかるべき場所で、施設で、厳格な管理をされなければならないものだ！」

狂気じみたその言い方にも、ワルツさんは動じることがなかった。

「いくら積まれたとしても、図書館はお譲り出来ません」

それだけの、返答。会話をするつもりもないようだった。

ワルツさんは優雅ささえ感じさせる仕草で腕を伸ばす。

「お帰りはそちらから」

扉を手の平で示しながら、薄くまぶたをおろして。

「その前に、お持ちの本を、お置き下さい」

老人はまだ、上緒さんから奪った文庫本を手に持ったままだった。せせら笑うように、肩を震わせ、言う。

「嫌だと、言ったら？」

「許しません」

ワルツさんの返答ははやく、どこまでも迷いがなかった。

静まりかえった図書館の中で、かすかなクラシックの音だけが彼女を包む。

歴然とした事実だけを白いあかりに晒《さら》すように、怒りも憤《いきどお》りも慢心もなく、ただまっすぐに老人を見て。

ワルツさんは、静かに告げた。

「わたしはこの図書館の特別保護司書官。あなたがサエズリ図書館の本を持つ限り、地の果てであっても追い続けます」

その気迫と、迷いのない言葉に、老人はたじろいだようだった。けれど、強がるように頰をひくつかせて、「特別保護司書官、だ？」とワルツさんをあざわらう。

「そんなもの、前時代の崩れかけた遺物だろう。こんな小さな図書館の脆弱《ぜいじゃく》なネットワーク、ウィルスで潰すまでもなく、ケーブルの一本切ってやれば作動はせんわ。もう、ネットワークが万能であった時代は終わったのだ」

それは確かだった。パブリックサーバーはいつまでも復旧されず、地方サーバーの不調やアクティブウィルス、システムのバグ、もっと原始的な、電力の供給不足で、ネットワークは度々落ちる。極端に技術者も減った今では、メンテナンスもままならない。一部が落ちれば、全体への影響も出る。

けれど次に笑うのは、ワルツさんの方だった。

「その程度で、割津義昭《よしあきら》の記憶回路《ネオメモリ》と、通信ネットワークを停止できるとお思いですか？」

彼女は再び宣言をする。誇りを持って。己の存在と役割を。

「わたしは割津唯。この図書館の、特別保護司書官です」

それが一体、どのように老人に響いたのか。ワルツの名前を最初に聞いた時と同じように、どこか途方に暮れたように立ち尽くして。

「……まさか」

かすかな声で、老人は囁いた。

「お前が、ギショウの」

それ以上は言葉にならなかった。ワルツさんはゆっくりと、老人に歩み寄り、静かな動作で、手をさしのべる。

「本を、返していただけますか？」

ワルツさんの発した、どの言葉が、果たしてどんな作用をもたらしたのか。上緒さんにはわからなかった。けれども、老人からは、それまでの激情の火がおさまっているように見えた。

ゆっくりと震える動作で、本をワルツさんの手の中に返して。

「本当に、ギショウの、娘なのか」

老人の言葉は、糾弾《きゅうだん》でもなく、疑惑でもなく、まるで懇願のように図書館に響いた。そんなはずがない、という意味でさえないと上緒さんは思った。

「本当にあいつは、生きている間に、家族を、手に入れられたというのか」

そうであったら、どんなにいいかと、すがるようだった。

対するワルツさんは、そっと綺麗なまつげを伏せて。

「アレクサンドリアを忘れるな」

いつか、上緒さんが聞いた言葉を、もう一度、告げた。

老人が息を呑むのが、上緒さんにもわかった。ほんのわずかに泣きそうな顔で、ワルツさんは淡く、笑う。

「パパの、口癖でした」

なくしたものを惜しむように、ずっと大切にしていたものを明かすように、ワルツさんがそう言えば、老人は、不自由な動作で、自分の目元に指を押し当てた。そうしてこぼす、言葉は。

「……薄情者が」

その場にいた、誰に対するものでもないように、上緒さんには思えた。そこにいた誰でもない相手をなじる言葉は、空中に溶けて、消える。

なだめるように、いたわるように、ワルツさんが覗き込んだ。

「お客さまが、父と、父のコレクションを、大切に思って下さっていることは、よくわかります。……でも」

でも、ごめんなさい。

ワルツさんは小さな子供に言ってきかせるように、静かな声で言った。

「パパの本は、全部、わたしがもらいました」

顔を上げる、老人は。打って変わって弱々しく、ワルツさんに、両手を伸ばし、すがるように、言う。

「わかっているのか。……このままでは、この世界は」

震えている。その震えが、なんなのか。上緒さんにはわからない。けれど確かな恐怖を、皺としみの浮かぶ表情にうつして、絞り出すように言った。

「本は、死ぬのだぞ」

それはまるで、助けを求めるような声だった。

ワルツさんは胸に本を抱いて、安心させるように、迷いなく告げた。

「本は死にません」

美しく、微笑んで。当然のことのように言うのだ。

「だって、みんな、本を愛していらっしゃるでしょう?」


人類の歴史上に書物が登場して数千年の時が過ぎた。紙という伴侶《はんりょ》に行き着くまでに紆余曲折《うよきょくせつ》を経たが、長きに亙《わた》り、本はそれ自体ひとつの完成形として人間の傍らにあった。それから、電子元年と呼ばれる区切りを何度も迎え、けれど本が消えることはなかった。

ひとつの極限である、本が消えることは決してなかったのだ。変わったのは、価値と意味。それだけのこと。

上緒さんは、借りる文庫本を岩波さんに預けると、サエズリ図書館を飛び出す。ふらつく足取りで、濡れた猫のようにうなだれながら肩を落とし、サエズリ図書館を出ていく背中を追った。

図書館は閉館時間が迫っていた。本当はワルツさんが追いかけたかったに違いない。けれど、ワルツさんは他の客の応対をしなければならなかったから。

上緒さんは声をあげた。

「おじいさん！」

駐車場に置いてあった車には運転手がいるようだった。その扉が、触れるだけで開く。上緒さんの乗っているような自動車ではない。自家用車という言葉を使用しなかった先進時代の個人車《プライベートカー》だった。それ一台でも、家が十軒買えるほどの値段だ。

乗り込む前に、ゆっくりと上緒さんを振り返った。

「あの、あの……っ」

自分の言おうとしていることが余計なことなのだろうという自覚は、上緒さんに十分にあった。だから、躊躇った。

けれど老人は、吐息のように小さな声で言うのだ。

「すまなかった」

思わず上緒さんは目を見開いた。

「……失礼を、した」

頭を下げる。紳士的な仕草だった。本当に心の底から、詫びているようだった。その背がなんだか一回り以上、小さくなってしまったようだった。

上緒さんは唐突に胸が詰まって、早口で告げた。

「あの、おじいさん、サエズリ図書館は、カードさえあれば、誰だって借りられるんです。だから、いつでも来て下さい！」

ワルツさんならきっと、こう言ったであろうと思って。

けれど、老人は笑うだけだった。唇の端をほんの少しだけ吊り上げて、自嘲するように言葉をこぼす。

「ありがたい申し出だがね、お嬢さん。……私の目では、本は、もう、読めんのだ」

上緒さんは驚いて、顔を上げた老人の、黒いスコープを見た。それから、先ほどの、文字を読み取るような仕草を思い出した。

彼のスコープは最新式のようだった。単純な視力矯正ではなく、映像をデータとしてスキャニングする。それは個人車と同じように、確かな富裕の証でもある。けれど、「悔しいもんだよ」と老人は泣き笑いの表情でこぼすのだ。

宙を見る、老人の横顔に、浮かぶのは遠い憧れだった。かつて多くの人が、今でもきっと、一握りの人が、憧れを抱いて、本を求めたに違いない。

「若い時に、あれほど夢見た読書だよ。十二分に金を稼いで、本を集めて、耽溺《たんでき》するつもりだった。いつか互いの蔵書を自慢し合おうと、約束をした、友もいた」

上緒さんにとって、サエズリ図書館が、生まれてはじめて入る図書館だった。

しかし、図書館に入ったことがある同級生が、果たして何人いるだろう？　そこで本を借りたことがある人間が、上緒さんの友人の中にいるだろうか。

学校には図書室があった。

けれど、そこにおさめられた図書は、まるで標本のようにケースの中にいれられ、手袋をした教師が、うやうやしく扱うものだった。

本が安価で、万人のものであった時代は終わったのだ。

「データならばある」と老人は言った。

かつて、石板は本へと形を変えた。同じように本もまた、変化の道をたどっただけだと言う人がいる。

「自宅のネットワークならば、どんな電子書籍でもリーディングは出来る」

彼のスコープはやはり、読み込みの機能も有しているのだろう。脳に直接データをたたき込むことさえ可能であるはずだった。

車に乗り込みながら空に嘆くように深い深い息をついて、老人は言う。

「けれど……私は、本が好きだったんだよ」

上緒さんには、かける言葉がなかった。

はじめて本を読んだ上緒さんだ。最初は印字された文字が味気なく感じられて、退屈で眠ってしまったほどだ。本を好む人なんて、それこそ先生か、研究者か、よっぽどのお金持ち。好事家だと。

けれどそれを好きな人がいる。今でも、どれほどそれが手軽さを失っても、本を、読みたい人がいる。

行き過ぎた執着は、病だ。

彼はそうなのだと思う。よっぽどの、と言われるほど、病と言われるほど。本を、愛していたのだ。

「お嬢さん、本は好きかい？」

ぽつりと、助手席に座って、うなだれたままで老人は、上緒さんに聞いた。

上緒さんは迷う。ワルツさんのように、岩波さんのようにはいかなかった。自分の気持ちが、どこまで老人の言葉に釣り合うのかは、わからない。

それでも、上緒さんは言った。

「わかりません。でも……面白かった、です」

「そうか」と老人の声が、ため息とともに吐き出される。そして、小さな頷きとともに。

「……そうだな。そういう人に読まれた方が、本も、幸せなのかもしれん」

個人車のドアが閉められ、シートベルトが全自動でかけられる。窓だけが開いて、老人はこまでついてきた上緒さんに、一言告げた。

「よい読書を。さすればギショウも……私の友も、喜ぶだろうよ」

最後の言葉を、もっと深く尋ねてみたかったけれど。

そのまま老人は、車を進めて、夕焼けの中へと消えていく。紅色に染まる緑樹の合間を縫って。もう、彼を追うすべはないのだと、佇みながら、上緒さんは見送った。

「アレクサンドリア、ってなんでしょう」

それからしばらく後、サエズリ図書館で岩波さんと再会した上緒さんは、館内のソファに座って、隣にいる岩波さんに尋ねた。

ワルツさんとはあれから図書館に来るたび会っていたが、先日の騒ぎの話題が出ることはなかった。なんと尋ねていいのかも、上緒さんにはわからない。

ひとりごとのような問いかけだったから、答えは返らないかと思っていたが、岩波さんは開いた本から顔を上げず、ぼそぼそと答えた。

「アレクサンドリア図書館のことじゃないかね」

首を傾げる上緒さんに、岩波さんは重ねるように説明をしてくれた。

「古い図書館だよ。紀元前の昔に、貴重な文書とともに焼け落ちたとされている」

無知な上緒さんはぴんとこなかったけれど、アレクサンドリアという名前の図書館があるのならば、それは間違いがないのではないかと思った。

その言葉に込められた意味までは、わからないけれど。

ここは図書館なのだ、と並ぶ本棚を眺めながら、嚙みしめるように上緒さんは思う。

前時代の遺物だと言った、老人の言葉はとても正しい。本来であれば、一介の個人が所有できる財ではなく、管理出来るような代物でもない。たとえば上緒さんには、岩波さんの持つ全集の一冊が、どれほどの価値をもつのかさえ、わからない。

それでも、この建物は図書館として建てられ、図書館として、息を、している。

「……あの、岩波さん。ギショウ、って」

次の問いに対する答えは、もっと明確なものだった。

「この図書館の創設者のことだろう。割津義昭。地下の書庫にある蔵書は、彼が個人的に集めたものとして、義昭文庫と名前がついている」

そこではじめて、上緒さんは心の中でギショウ、という文字に漢字を当てることが出来た。

あの、地下の書棚。そこに彫られた、名前。ぬくもりを感じる、眠るように配架された、古書達。

「ワルツさんの……お父さんだったんですか」

「確かなことはわからんよ」

岩波さんはもう一度、そう前置きして。「高名な科学者であり脳外科医だったという記録はあるが」とぽつぽつと言った。

その記録には、生涯妻をもたなかったと記されていたとも。

「脳外科医……」

思うところがあって、上緒さんは呟く。その、義昭という人と、ワルツさんの本当の関係については、わからない。わからないけれど、これほどの本を、ワルツさんは与えられて。ワルツさんは、これらの本のすべてを、自分の宝物だと言う。

「ワルツさんがいなければ、わしらはこんなにも本は読めなかった」

愛おしそうに広げた本をなぞりながら、岩波さんは言う。

「感謝せねばな」

そうですね。心の底から、上緒さんは同意する。それから、「今日借りる本を探してきます」

そう言って、立ちあがる。

別れざま、「上緒さん」と岩波さんが呼び止めた。

振り返ると、岩波さんは顔を上げて。

「よい読書を」

そう言うから。

「はい」

上緒さんも笑って、同じように、言葉を返した。

「それでは、よい読書を」

さえずり町と呼ばれる街がある。

緑に溢《あふ》れたのどかな街には、そこに似合いの美しい図書館があって。

美しい図書館には、そこに似合いのとびきり素敵な司書さんがいる。

そうしてその、図書館には、今日も誰かが。

本を愛する、誰かがいるのだ。

第一話　サエズリ図書館のカミオさん
終

第二話　サエズリ図書館のコトウさん

お母さんは、よそのコドモのことばっかりじゃない、と言われた。

実の娘の言葉だった。それはさすがに、豪放磊落《ごうほうらいらく》を気取っている古藤《コトウ》さんの心も打った。打ちひしがれた、のだけれど、それも端末画面前のこと。向こう側には伝わらないから、結局のところショックなんて受けていないのも同じことなのだろう。

仕事を理由に、三週連続で買い物に連れていく予定を延期した。よそのコドモのことばかりとは、まぁ、娘の言う通りだった。返す言葉もない。

疑似カフェインではなく、豆から挽《ひ》いた濃いコーヒーをいれて、机に座り直した。古藤さんは身体《からだ》に優しいという言葉が嫌いで、偽善の固まりのような疑似カフェインも嫌いだった。どれほど時代錯誤と言われても、女が見苦しいと言われても、煙草《たばこ》だって吸う。そのくせ、仕事の上では化学物質の体内摂取はよろしくないと、子供の保護者を前にしたり顔で話す。様々なことに過敏になっている母親達は、古藤さんの言葉に熱心に頷《うなず》く。

それらは古藤さんの中で決して矛盾しているわけではなくて、古藤さんも妊娠と授乳中は絶対にカフェインとニコチン・タールを体内には入れなかった。そうやって丹誠込めて産んで育てたつもりなのに、「お母さんの子育てはおおざっぱすぎる」と言われるのだ。娘自身の口から。

そりゃあ、仕事の都合で離れて暮らすようになった、旦那の方に娘をとられるわけだった。

「大人には、いろいろあるのよう、だ」

コーヒーの表面を震わせるように、そう言ってみるけれど、こんな情けないことを、娘の前でも生徒の前でも保護者の前でも言えるわけがない。

仕事をするはずだった端末の前に座り直して、日曜日発行の図書新聞を開いて見る。古藤さんは職業柄もあって、毎日の新聞配信の他に、とてもマイナーな図書新聞を取っていた。その中身は昨今の出版情勢や電子書籍の新刊情報、それから日本に限らず珍しい「本」の紹介など。

今週の図書新聞の一面はあまりいい記事ではなかった。中東でまた大規模な内乱があり、石油資源に影響して、パルプの値段が一段と上がるらしい。古藤さんは机の周りに散乱している印字用紙を見回してぶるりと身体を震わせた。

質実剛健を目指す古藤さんの、一番の贅沢品《ぜいたくひん》は仕事に使っているこの印字用紙に違いない。仕事に必要なもの、と割り切ってはいるけれど、年の割にませた娘は渋い顔をしていた。なくても仕事が出来るじゃないと言われたら、それまでだ。

ふと、紙のにおいをかぎたくなった。再生を繰り返す代替用紙ではなくて、石油と木片から作った、本物の、紙のにおいだ。

教師になってから十年以上着続けている、くたびれた臙脂《えんじ》のジャージを着込んで立ちあがる。日曜日の早朝。髪をひとつにまとめて太いフレームの眼鏡《めがね》をかけて、化粧はしてなかったけれど、まあいいだろう。

娘との休日をほっぽり出してまで、今日中に終わらせるはずだった仕事が遅々として進まないことにはひとまず目をつむって、カフェインのまじる息を吐きながら机の上の写真立てを見る。一瞬、やっぱり買い物に行こうかと娘に電話をかけることも考えたけれど、遅れ続けている仕事の進行を考えるとそうもいかなかった。

時計を見れば、ちょうど、図書館の開館時間だ。

母親失格だなぁと思いながら、自転車に乗る。ギィと重い音を立てて、錆《さ》びたペダルをこぎだした。


サエズリ図書館は、古藤さんの住む家から自転車で十五分も走ったところにある。今の学校に赴任した時、近所を探検して一番驚いた施設だった。図書館なんていう前時代的なものが、前時代のままのあり方で残っているなんて。古藤さんの家にも本は何冊かあったが、それは祖父より前の代から譲り受けた財産と、自分でお金を稼ぐようになってから必死になって集めたとても貴重なもので、勤務先である小学校でも、図書室は鍵の取り扱いひとつとってもきわめて厳重だった。

古藤さんは本が好きだった。祖父が持っていた、一冊の大きな百科事典が、とてもとても好きだった。畳《たたみ》に寝そべり、ノートに気に入った項目を書き写すような、内向的な遊びを好む子供だった。その一冊は、今でも古藤さんの机の上、見える所に飾ってある。けれどそれは宝物の一冊で、サエズリ図書館に足を踏み入れた時は誇張なく、宝の山だと思ったものだった。

そして宝の山を管理していたのが、古藤さんよりまだいくつも年下の若い女性だと知った時には、仰天《ぎょうてん》した。名前はワルツさん。年こそ若いが、明るく優しく働き者で、教育者ながら非の打ち所ばかりの古藤さんにはまぶしく思える。

ワルツさんは今日もいるだろう。どんな本を出してもらおうかと考えながら、自転車置き場に自転車を停めていたら、同じく近くに人の気配。

顔を上げて、それから古藤さんは眉《まゆ》を上げた。自転車置き場に乗り入れてきたのは、無骨な古い、オート・バイクだった。それだけでも珍しいのに、乗っていた人間がひどく目立つ姿だった。

真っ黒なライダースジャケットを着て、両手はきっちりとした革の手袋。ヘルメットは顎《あご》に引っかけるだけ。明らかに色を抜いたことがわかる金の髪を逆立て、耳にいくつも、口にひとつ、ピアスの穴をあけた、あまりに個性的な、青年だった。

（おやおや）

と一応、教育者の端くれである古藤さんは、これは今時珍しい、と図書館とは違った意味で前時代的な若者を見やった。

「少年」

と若者に向かって言ったのは、わざとだった。余分な肉のあまりついていない、不健康そうな若者は、ぎろりと古藤さんの方を見た。整った顔をしているのに、その目つきじゃあ台無しったなと古藤さんは思いながら。

「単車は、あっち」

と入り口の方を指さした。いつもなら夕方まで立っている、駐車場の警備員の姿が見えなかった。

自己主張のから回っている容姿をした若者は、その、不必要に悪い目つきで古藤さんの指の先を見て、それからバイクを動かす気になったようだった。

周辺に緑の多い、この穏やかで美しい図書館に、なんとも不釣り合いだと、古藤さんは思わずにはいられない。無断駐車をしたいようにも見えなかった。車に乗ってきているのならともかく、オート・バイクであればどこに停めても駐車違反をとられるわけでもなし。人を見かけで判断するわけではないけれど、本に親しんでいるようにはまったく見えないのだが。

まぁ、個人の自由だ、と古藤さんが図書館に入っていこうとした、その時。

「オバサン」

日頃は変声期前の男子生徒ばかり相手にしているので、そんな風に、若い、けれど無骨な声をかけられることが珍しかった。この際、呼び方については感想を持たないことにする。自分もわかっていて「少年」と呼んだのだから、お互いさまだった。

若者はオート・バイクを停めてヘルメットをはずしながら、億劫《おっくう》そうに言う。

「事務室って、どこ」

へぇ、と古藤さんは思う。図書館の中でも、事務室に用事があるとは余計に普通ではないことだ。

「中だよ」

と古藤さんは答える。中で、奥だよ、と。まあせっかくだから、案内してやろうかと立っていたら、背後で自動ドアの開く音。

「タンゴくん？」

出てきたのは、サエズリ図書館の代表者。明るく優しく、加えて若くて穏やかで綺麗な、特別保護司書官のワルツさんだった。

すぐに古藤さんの存在にも気づくと、「古藤さん、おはようございます」と爽やかな笑みを向けて、ぱたぱたと図書館の外に出てくると、若者の方に手を振った。

「タンゴくん、待ってたわ」

若者の方は、オート・バイクを停めて立ったまま、動きを止めている。

「タンゴくん……」

ぼそりと古藤さんが呟《つぶや》くと、振り向いたのはワルツさんだった。「新しい警備員さんなんです。これまでよくいらっしゃってた警備員さんの、お孫さん」と説明してくれた。

次にくるりと若者の方を振り返ると、

「はじめまして。わたしがサエズリ図書館代表であり、特別保護司書官の、割津《ワルツ》唯《ユイ》です」

常套句《じょうとうく》である、その言葉を告げた。いぶかしげな顔で歩いてきた若者は、ワルツさんの前まで来て。

「ワルツ」

とぼそりと言った。ワルツさんは女性として標準的な背丈をしていたが、とかく手足と身体が細いこともあって、頭一つ分ほど若者の方が大きく見えた。

「そう。丹後《タンゴ》英人《ヒデト》くん。よろしくね」

どうやらタンゴというのは、若者の苗字のようだった。

「お祖父《じい》さんの腰、調子がよくないのでしょう？　来てくれて本当に助かるわ。タンゴくん、よろしくね」

ワルツさんが、その白くて細い手を差し出す。

「……………」

タンゴくんは、一瞬、革手袋をつけたままの手を、持ち上げようとして、また下げた。

けれどワルツさんは手を出したまま、甘くやわらかな声で、言う。

「素敵よね。わたしがワルツさんで、あなたがタンゴくんなの」

くすくすと笑うワルツさんの顔は、古藤さんには見えなかったが。

「………ダンスクラブじゃ、ねーんスから……」

顔をそらし、ぼそぼそと呟く、若者の目つきが先ほどより、鋭くはないので。

（これはこれは）

思わぬところでいいものを見たなぁと、下世話なことを古藤さんは思ったのだった。

日曜日の図書館は、朝から盛況らしく、あちらこちらで人間の気配がする。静かな図書館も好きだが、古藤さんはサエズリ図書館独特の人の息づかいが好きだった。読まれている本は、史料館で展示されているそれらとは違って、生きている気がする。

いつも窓際のソファで歴史小説を読んでいるご年配や、粗忽《そこつ》な所のある顔見知りの会社員に会釈《えしゃく》をして、本棚の合間を歩いていたら、その裏から、飛び出してきた子供の影があった。

「おっと」

軽く足を止めて一歩下がり、ぶつかるすんでのところで相手の肩に手を置く。一瞬眉を上げたのは、その、小さな身体の小さな頭、肌と髪の色だった。

色素の薄い、金の髪は肩で切りそろえられている。同じ金と一口に言っても、先に見たバイク乗りの少年とはまったく違う色合い。それから、首もとに覗《のぞ》くのは白い肌。ちょうど十歳くらいだろうかと、古藤さんが体格で見分けたのは、職業柄といえたのかもしれない。

「走っちゃだめだろう?」

古藤さんが膝《ひざ》を折ってしゃがみ込むと、灰色の瞳が見えた。少女だった。金の髪に白い肌、灰の瞳ときて、幼い子供であれば美しくないはずがない。アジア人には到底持ち得ないその色を、一瞬まじまじと眺めてしまう。と、

「エヴァ!」

変声期前特有の、耳に甘い声がして。

走ってきたのはやはり、同じ色素を持った同じくらいの背丈の、けれど性別は違う、少年だった。古藤さんの目の前で硬直していた少女の腕をぐいと引くと、自分の背に守るようにした。その動作を微笑《ほほえ》ましいと思いながら、古藤さんは指先を口元にあてて。

「図書館では、静かにね」

とゆっくり告げた。言葉がわからないかもしれないという懸念があったが、少年の灰の瞳が頷くように揺れた。

「兄妹？　双子かな」

好奇心から、古藤さんは尋ねていた。

サエズリ図書館のあるさえずり町は、今のこの国で、観光に来るような場所ではない。土地柄もそうだが、国を越えてやってくるには交通の便が悪すぎる。ただ、この図書館は特異で貴重な建物であるため、目当てとして遠方から異国の人間がやってきてもまったくおかしくはないだろうと古藤さんは思うのだ。

まして国会図書館も一般人が足を踏み入れられる状態ではない昨今では、ここにしかない本も、山のようにあることだろう。

書籍の電子化は今でこそ完遂されているが、日本での普及は世界的にも遅かった。国の外に出れば、紙の本はより質が悪く、それでいて値段が高くなる。

その少年も少女も、警戒するように黙りこくったまま、じっと古藤さんのことを凝視していた。それこそ天使のような少年の腕には、科学の本が抱きしめられている。大判の入門書のようだが、子供には早すぎるのではないかと古藤さんは思った。

そのことを別に気取《けど》られたわけでもないだろうに、少年から一瞬、睨《にら》まれたような気がした。

安心させるように古藤さんは笑うと、

「壊したら、だめだよ」

言いながら、手を伸ばして頭をなでようとした、瞬間。

少年は片手に本を、そして片手に自分と同じ色の少女の手を掴《つか》んで、逃げるように本棚の隙間に走っていった。背の高い書棚にまぎれてしまえば、彼らの姿はすぐ見えなくなる。

子供に幻想など露《つゆ》ほども抱いていない古藤さんだけれど、湖にいるユニコーンのような、現実味のない少年と少女だったなと思った。

日曜日の午前の光はきらめいている。夢のように綺麗な図書館で、絵本から抜け出したような、綺麗な子供。

膝を屈伸させるように立ちあがりながら、古藤さんは思う。

(現実は、時々参る)

どんな物語よりも美しいものな、と古藤さんが眼鏡の奥の目を細めた。

そのままぶらぶらと館内を歩き、ひたすら背表紙を眺めてまわっていたが、本棚の間で後ろ姿を見つけて足を止めた。

「ワルツさん」

呼べば、ぱっと振り返る。

「古藤さん」

先ほど図書館の玄関先で別れた、サエズリ図書館の司書であるワルツさんに近づいて、古藤さんが言う。

「さっきの子はどうした?」

オート・バイクに乗っていた、少し時代錯誤な坊やのことだった。ワルツさんは「ええ、今、制服に着替えに……」と言いながらも、なにやらその声にいつもの明るさがない気がして、古藤さんはワルツさんを覗き込んだ。

「どうかしたの?」

人の気持ちにはさとい方だった。さてはあの、まだらな金色頭の坊やになにか言われたのかと思った。

ワルツさんは小さくため息をついて。

「あの子」

と言うから、古藤さんの想像は大体あっていたようだけれど、続く言葉には驚いた。

「……タンゴくん。本が、嫌いなんですって」

へぇ、と古藤さんが思う。

本が、嫌い。この世の中、そういう人間もたくさんいるのだろうが、よりにもよってこの図書館に来て、よりにもよってワルツさんにそんなことを言うとは、いい度胸じゃないかと古藤さんは思った。

　案の定、ワルツさんは少々途方に暮れたような、しょんぼりとした顔をしてしまっている。

　古藤さんはそんなワルツさんの肩に手を置いて、励ますように言う。

「これから好きになればいいじゃない」

　特に深慮があったわけではない、無難で簡単な慰《なぐさ》めの言葉だったが、ワルツさんはゆるゆると顔を上げて、噛《か》みしめるように言った。

「そっか。そう、そうですよね」

　古藤さんは大きく頷く。人の相談に乗る時は、その内容にではなく、どれほど相手の意見に同意出来るかという相づちの打ち方がポイントなのだということを、大人な古藤さんはもう知っている。

　教育とはつまり、コミュニケーションだ。

「そうだよ。他の場所ならともかく、この図書館にいて、本を好きにならないなんてどうかしてるよ」

「そうですよね！」

　ワルツさんは目をきらきらさせて、古藤さんに迫らんばかりに力強く頷いた。

　この、まだ若く未熟な、けれどこの建物において最大の責任を負っている図書館司書が、いっそ偏愛と呼べるほどに、本を、特に図書館の蔵書を愛していることは、この図書館の常連ならば誰だって知っていることだ。

「そうそう」

古藤さんは深く頷き、それからワルツさんの肩に置いたままの手で再びそこを叩いて。

にっと笑うと。

「じゃ、わたしの資料探し、手伝ってくれる？」

え、とワルツさんの顔が、ほんのちょっとだけ曇《くも》ったのは、もちろん見なかったことにした。


一時間だけですからね、とワルツさんはいつものように最初に制限時間を提示した。それにしたって、一日の勤務時間のうち一時間もひとりの利用者に割いてくれるのだから、まったくワルツさんは素晴らしい司書さんだと古藤さんは笑ったことがある。そう言ったら、「先生だって、生徒ひとりのために一時間くらい割くでしょう？」と返されたのだから、まったくワルツさんは一筋縄ではいかない、芯の通った職業人であった。

サエズリ図書館には利用者のためのソファの他に、あちこちに大きなテーブルと椅子が置かれている。そのひとつに腰をかけて。

「今回は！　なんの本をお探しでしょうか！」

そう、小声でも気合いを入れて、ワルツさんが聞くので。

「モーツァルト」

さらりと古藤さんが答える。

「モーツァルト」

ワルツさんが、復唱する。唐突な言葉だったが、ひるんだわけではなさそうだった。

「曲ですか？　歴史ですか？　人間ですか？」

「全般的に、概要から」

「かしこまりました」

少々お待ち下さい、と早足でテーブルから離れたワルツさんが、今度は片腕に十冊ほど本を抱えて戻ってきた。その時間、ほんの三分ほど。

「ひとまず最近の刊行物から、概要がわかるものを持ってきました。書庫のものも見ていただきたいので、その前にこれをご覧になっていてください」

古藤さんは、書棚から出された本をそのまま借りるようなことはそうしない。中身を見て、そこからまた派生していくつかの本を出してもらい、最終的に借りていく本を決める。

ワルツさんが出してきたのはフルカラーの豪華本で、モーツァルトに限らずバロックから古典派の音楽家を総合して紹介してあるものが多かった。

背面に書いてある値段は、古藤さんの少なくない収入をもってしても、月に一点も買うのを躊躇《ためら》うような桁《けた》だ。

次の本を待つ間、古藤さんは椅子に座って足を組み、煙草がないので行儀悪く爪を噛みながら、ページをたどって文字を舐《な》めた。

古藤さんのサエズリ図書館の利用は、読書を楽しむという意図とは少々ずれている。紙のページをめくり、単語を、拾う。そこからイメージする。周囲の文字を一緒にまぜて、知識として噛み砕く。

覚えるのではなく、古藤さんにとっては心のひっかかりを探す作業だ。

小さな頃から、勉強は嫌いではなかった。知識が好きで、それを誰かに伝えることが好きだった。本が、好きで、この仕事を選んだ。

ワルツさんが、今度は書庫から古い本を抱えて戻ってきた。それも、十分もかかっていない。

本は、重い。何冊も抱えれば実感せざるを得ない。これは木から生まれたものだということ。紙とインクには、腕を痺《しび》れさせる質量がある。

けれど、ワルツさんは本当に軽やかに、なんでもないというように素早い動きで持ってくる。

新しい本のページを、流れる動作で一通り舐めたあと、

「ちょうどこの時代の、ヨーロッパ宗教史で詳しいものと、友人関係。特に、彼が影響を与え、道半ばに倒れた才能について知りたいんだけど」

古藤さんはそんな注文をした。

「かしこまりました」

くるりときびすを返して、それから文化、歴史、そしてそこに生きる個人にまで深入りをして、古藤さんは最後に、五冊の本を選んだ。

辺りには、三十はくだらない、ジャンルが近い本が山となっている。

なんて壮観で、贅沢な時間だろうと古藤さんは思うのだ。

「助かったよ、ワルツさん」

きっかり一時間。ワルツさんは流石《さすが》に額の汗をぬぐう仕草をして「もう」となじる言葉を発した。

「少しは、DB《データベース》もお使い下さい」

ワルツさんのなじりも、もっともだった。確かに、DBで単語検索をかければ、古藤さんの知りたい答えはすぐに出てくるだろう。知識の集合体である、あの場所には、「誰か」の知っていることならばなんでも載っている。

でもそれは美しくない、心には迫らないと古藤さんは思うのだ。

「それはそうなんだけどね。……DBで調べたら、調べたことしか、わからないだろう？」

わたしはねぇ、ワルツさん、と古藤さんが言う。

知らないことを、知りたいんだよ。

古藤さんの言葉に、ワルツさんは驚いたように手を止める。古藤さんは目を細めて。

「今の教育はすべてカリキュラム化されているから。余分な知識を埋め込む場所がないんだ。でも、教育にも贅肉《ぜいにく》は必要だ。そうは思わない？」

その言葉に、ワルツさんが綺麗に笑う。

「古藤さんはとってもいい先生ですね」

「いい先生、ね」

そんなことはないよ、と古藤さんは言う。親としても、教師としても、先生としても、半端ものだから、と。

謙遜や卑下《ひげ》ではなく、事実としてそう言ったのだが、ワルツさんは笑みをもって一蹴した。

「だって、こんなに熱心に本を読まれる先生、滅多《めった》にいないでしょう?」

「それは、滅多に本がないせいじゃない?」

苦笑しながら言うと、気恥ずかしさに饒舌《じょうぜつ》になったようで、古藤さんは言葉を重ねた。

「確かに学校で本を読んでいたら、生徒が尊敬のまなざしで見てくるね。いつもは憎らしいことしか言わないのに。それはちょっと、気持ちがいいことだよねぇ」

「あら、じゃあ今度は生徒さんも連れてきて下さい」

目を輝かせてワルツさんが言うので、古藤さんは苦笑する。

「子供にはまだ早いよ」

そう、たとえばアルコールのように、ニコチンとタールのように、ふさわしい年齢があるはずだと古藤さんは思っていたのだ。それこそ、宝物であるのだから、きちんと鍵をかけて、しかるべき年齢まで、と。

けれど、返答は素早かった。

「そんなことはありません!」

その言葉のあまりの速さと、それから強さに、一瞬古藤さんの手が止まった。図書館の中では不似合いなほどの大きな声に驚いたのは、ワルツさん自身も同じだったようだ。

「すみません」

ばつが悪そうに言ってから、いつものように、穏やかな声で、囁いた。

「でも、子供だから、本が早いなんてことは、絶対にありませんよ」

それから、ワルツさんは自らの手で、貸し出し処理をしてくれて。古藤さんに優しい笑みとともに言うのだ。

「それでは、よい読書を」


自転車置き場まで行こうとして、図書館の駐車場の入り口に、背の高い警備員の姿を見つけた。

「似合うじゃないか、少年」

わざわざ近寄って、覗き込むようにして言う。

警備員の制服に、警備員の帽子をかぶったタンゴくんは、露骨《ろこつ》に唇《くちびる》を曲げて嫌な顔をした。

その顔がやっぱり若々しかったから、にいっと古藤さんは笑い、もう少しちょっかいをかけてやることにした。

「本が嫌いなんだって？　ワルツさんにはあんまりそんなことを言ってやるもんじゃない。嫌われるぞ」

わざと声をひそめて言ってやれば、タンゴくんは帽子をまぶかにかぶり直して。

「大人が」

人でも殺しそうなほど、低く苛立《いらだ》った声で言った。

「知ったような顔してっと、嫌われるっスよ」

そのまま背を向けてどこかに歩いていってしまう。捨て台詞《ぜりふ》となった言葉に、古藤さんは驚いた。少々エスプリの利いた、なかなかの切り返しだと思ったのだ。頭ごなしに怒鳴りつけることも、無視することだって、彼には出来たはずだった。けれど彼はきちんと、口で返した。見直した。

けれど。

「馬鹿だねぇ」

見直した上で、古藤さんは笑ってしまった。大人が知ったような顔をするな、という、その若さと、青さに。

「今更、知らないような顔なんて出来ないのが、大人なんじゃないか」

と、呆れたのは相手に対してだったのか、自分に対して、だったのか。

大人は、いつだって難儀だなぁと思いながら、古藤さんは、自転車のペダルを漕ぐ。サブバッグの重たさに、ハンドルをとられないようにしながら、ゆっくりと。

何時に寝ても、六時のアラームよりも前に、目が覚めるのは年のせいかストレスか。ベッドの上で倒れていた重い身体をどうにか起こして、ぼんやりとした頭のままで机を眺める。つけっぱなしの端末と、散乱する紙とペン。あちらこちらに置かれた、本。

結局、仕事は週末には終わらなかった。このまま行けば、来週も娘との買い物は達成出来ないだろう。秋物を買う前に冬が来てしまうような生活はもう嫌だなと思いながら、顔を洗ってパンをかじりおざなりに化粧をして、ジャージを着る。髪をまとめて眼鏡をかければ、いつもと同じ顔の、出来上がりだ。

少し迷ったけれど、読みかけになっていたサエズリ図書館の本を一冊鞄《かばん》におさめて、家を出た。

自転車に乗って、学校へは三十分ほどのサイクリングだった。生徒はまだ登校するような時間ではないので、古藤さんからは欠伸《あくび》も出る。小さくも真新しい小学校舎に着くと、用務員さんに「毎日早いですね」と言われる。職員室の自分の机についたら、端末を立ち上げて、連絡事項を確認する。

さえずり町は平和な街だが、国の中では物騒な事件も多く起こっているようだった。子供が犠牲になるようなものはまったく胸が悪くなる。特に緊急停電の際には心を配り、生徒を無理に登校させないようにという通達を読みながら、セキュリティに頼り過ぎるのも考えものだとしみじみ思う。

かといって、いつまでも世の中を憂《うれ》えてはいられない。仕事のタスクはいつでも山積みになっている。これが学期のはじめから終わりまで毎日続くのだから、毎年よく子供達を進級させられているなと思わずにはいられない。

（そういえば）

うちの娘は、来年中学生。

ということに気づいて、ああまた親としての失格度が……と愕然《がくぜん》とする。それらはあまり考えないようにしながら、朝に済ますことが出来る仕事を片付けて、シガレットケースと授業の道具と本を持ち、立ちあがった。

「先生！」

職員室の前で、生徒とすれ違う。自分の受け持ちではないけれど、学年は同じ生徒だった。

「おはようございます！」

朝から絶叫に近い挨拶は清々《すがすが》しく、古藤さんは嫌いではない。教師になってよかったなと、思う瞬間でもある。

「はい、おはよう」

頷きながら喫煙室へ。狭いそこには、先客が一人いた。この学校では、古藤さんと教頭ぐらいしか煙草を吸う人はいない。持ったままの授業の用意をテーブルに置いて、火をつけると教頭が古藤さんに話しかけてきた。

「本ですか」

古藤さんは顔を上げる。話しかけられたことが意外だった。喫煙室ではプライベートに近い気持ちでいるため、あまり同席者と喋《しゃべ》ったことはなかった。

い。

この辺りに住む人で、ある程度教養があれば、あの特異な図書館のことを知らないはずがない。

「はい」

「サエズリの」

「あ、はい」

「見せてもらっても?」

いいですよ、と古藤さんが答える。もとより、自分のものではない本だから。煙草をつぶした教頭の指が、白い本のページをめくる。

「わたしの子供の頃には」

まだ、教科書がありました、と教頭が言った。ああ、と古藤さんはこたえる。教材がペーパーレス化し、電子に移行してしまったのはちょうど古藤さんの世代からだった。

「シラバス、の語源を知っていますか?」

と本を眺める、教頭が唐突に聞く。いえ……と古藤さんは首を横に振る。年間の授業計画の名称だという認識しかない。

「もとは羊皮紙《ようひし》のラベルを意味する言葉だったんです」

教頭は博識を押しつけがましくなく、付け加えた。

「もう、紙の一枚も、ありませんがね」

「そうですね」と古藤さんがこたえる。本を置いて喫煙室を出ていく教頭に会釈をしながら、昔を懐かしむことがすべていいことではないだろうとは思うのだ。もう手に入らないものは、決まって美しく感じられる。

だから、紙とインク、本がすべてではない、と思うのだけれど。

喫煙室の窓から、朝の空を眺めながら、ひとたび古藤さんは、仕事のことを忘れて夢想する。もしも子供の頃に、本に出会わなかったら。自分は、一体どんな大人になっていただろうと。


先生と、呼ばれるほどの、馬鹿でなし。

と、この職業についてから、古藤さんは何度でも思った。教師が人にものを教え、尊ばれる時代はもう過去のことなのだろう。

今はそれらは、シラバスと呼んでいる電子カリキュラムが担っている。机に置かれるのはノートと鉛筆ではなく、学習用の端末だ。生徒一人一人の修学状況に応じて、サポートも万全であるのだから、教師なんていてもいなくてもかわらないのかもしれない。

長らく続いた少子化の傾向も、最近では横ばいらしいが、子供の絶対数は二十年前よりも確実に減っているので、どこの学校も一クラスは十人前後の少人数制だ。

不得意分野など、修学に遅れがあればその生徒だけ数ステップ戻ってやり直すことも出来る。テストでさえ、自動生成されたものを手直しすればいいのだから、ずいぶん楽になってきているのだろう。

実技の教科は音楽に家庭、美術と体育、それから小学校には習字が設けられている。古き良き、日本語と漢字を忘れないために。大切な授業だとは思うが、わざわざこんな授業をしなければならないのは悲しいことだとも思う。そして奇《く》しくも、古藤さんが一番教師らしく出来るのも、この授業だった。

昔から、がさつなのに字だけは綺麗だと褒められている古藤さんだ。書道については、コンクールで入賞したこともあるし、古い文書を読むのも得意だ。

「先生、漢字書いて」

いつものように、習字の授業で生徒達が古藤さんに言う。

「なんの漢字？」

古藤さんが問いかければ、子供達は学習端末を開きながら口々に。

「えーと、バラ！」

「しょうゆ！」

「こしょう！」

はいはいと古藤さんが言いながら、電子黒板に文字を書く。そのたびに歓声が上がる。

「先生はなんでそんな漢字書けるの？」

生徒のひとりが聞く。

「文字を書くのが好きだったから」

「なんで？」

なんでだろうねぇ、と古藤先生は生返事だ。確かに、大人になってから、肉筆で物を書く機会なんて滅多にない。古藤さんのクラスにも習字が特に嫌いな生徒が二人ほどいて、終わらない課題を前に口をとがらせながら、「別にいらないじゃん」などと言う。

「文字書けなくても、読めるし、いーんだよ」

確かに、読むことが出来れば、否《いな》読めなくても端末さえ使用出来れば、困ることはないのかもしれない。授業中は学習端末を使うが、小学校の入学と同時に小型の端末も配布される。知識はすでに彼らのすぐ手の中にあり、学校で教えるのは、その運用が主だ。

「でも、端末なしで読む時に困るでしょ?」

「端末なしで読む時って?」

問われて古藤さんが手を止める。しばらく考えて、教卓の引き出しから、取り出したのは一冊の本だった。サエズリ図書館から借りてきた、音楽史の古い本。

「たとえばだけど、こういうものを読む時」

子供達が身を乗り出す。

「本だ」

古藤さんは、どうしてこの時そんなことを言ったのか、あとから考えても、なかなか答えは出ないけれど。

「読んでみる?」

そう言って生徒のひとりに渡すと、他の生徒も席を立ちあがって見に来た。授業中に立ちあがらない、とたしなめようとしたが、言いかけた言葉を止める。

本はこの場所に、一冊きりしかない。操作ひとつで複製をして端末に同時表示出来るわけでもない。見るためには、人間の方が動かなければならない不自由なツールなのだ。

生徒達はまずぐるりと本を眺めて、分厚い表紙をさわった。自分の親はどんな本を家に持っているとか、そんな自慢話を口々にしながら、一枚一枚、ページをめくっていく。なにか興味を引かれるものがあったのだろう。めくられたページとページの間に、手を差し込んで、割り込むように見る生徒もいる。

「破るなよー」

と古藤さんは言いながら、小さく笑う。

(内容なんて、わからないだろうにね)

わからなくても、面白い。そうだ、そうなのかもしれない。彼らはかつて積み木やおもちゃを理解していたわけではない。

国破れても、国語は残ると言ったのは古い作家だという。まだ、本が今よりも活発に呼吸をしていた時代。古藤さんはその言葉を祖父から聞いた。そしてその時に、教師になろうと決意をした。

この国が破れた時に、残る国語とは、一体どんなものだろう。

授業が進まなくなりそうだったので、古藤さんは生徒達を座らせると、

「そこから、一文、気に入った文を清書して出すこと。終わったら隣の席に回して」

と指示を出した。

興味深げに、ページをたどる。そんな彼らを見ながら。

かつて自分は、あの百科事典を、どんな風に理解していたのだろうと、古藤さんは思うけれど。

思い出は遠すぎて、手は、届きそうになかった。


学校がある平日は、古藤さんの日々は規則正しく、けれど不健康に過ぎる。毎日八時を過ぎるような時間に帰り、それからまた自宅で仕事をして、泥のように眠る。明け方に目を覚まして、いつもはついている部屋の電気がすべて消えていたので、嫌な予感が、した。

案の定端末が待機電力モードになっているので、予感が確信にかわる。机の隣に落ちていた眼鏡をかけ直して、メールボックスの一番上に、

【緊急停電につき午前臨時休校連絡】

の文字。

ああ、やっぱりなと古藤さんはため息をつく。どうやら校内のネットワークはすべてやられているらしく、復旧まで自宅待機と書かれていた。子供達もさぞかし喜んでいることだろう。停電による休校は数ヶ月に一回あって、もちろんカリキュラムはそれを見越す形でくまれている。校内のセキュリティも止まるので、生徒を登校させるわけにもいかない。子供達にとって

は、都合のいい臨時休校だった。

古藤さんの家のDB端末はかろうじて待機電力で生きているようだったが、それもいつまでもつかはしれない。ないとは思うが停電が長引いた時に困るので、出来る限りの電源を落とす。

空が明るい秋晴れの日だったのが幸いだった。家の中でも、出来る仕事はたくさんあるが、古藤さんは図書館カードをチェックする。液晶パネルには図書館からの通知が表示されるように出来ている。

平日の昼間、サエズリ図書館は停電にもめげずに開館しているらしい。古藤さんは時間調節のため、朝から煙草を立て続けに何本か吸って。

借りた本をすべて読み切ると、自転車の鍵を持って、家を出た。


「おはよう」

開館時間とほぼ同時に、サブバッグを肩から提《さ》げた古藤さんが図書館に着くと、入り口にはタンゴくんの姿があった。古藤さんの挨拶《あいさつ》に、顎を突き出すような、おざなりな会釈を返してくる。

「勤労結構結構」

古藤さんはそんなおやじくさいことを言いながら、サエズリ図書館に入っていく。いつもは自動で開くドアも、今日は開きっぱなしだった。図書館内の照明もほとんどが落ちているが、もとから自然光がよく入る作りなので、本を読む程度には苦労しなそうだった。昔は月の明かりで書を読んだりしたものなのだからと、たとえば古藤さんの学校の教頭ならば言ったかもしれない。

「あ、すみません、古藤さん」

ぱたぱたと忙しそうに館内を歩き回る、ワルツさんにも遭遇した。

「今、停電中で、一般利用者の方は書庫には降りられないんですが、大丈夫ですか？」

と心配顔で聞いてくるので、「大丈夫大丈夫」と古藤さんは笑った。せっかくの平日半休だから、来てみただけのことだ。けれどワルツさんは足を止めて。

「欲しい本があったら、言って下さいね」

と言うので、古藤さんは眉を上げ。

「こんな時でも、探してくれるの？」

と尋ねてみれば、返ってくるのは、明るい笑顔。

「ええ、もちろん。ここは、図書館ですから」

そしてそのまま、多忙そうなワルツさんは歩いていってしまう。相変わらず、職業人の鑑《かがみ》のような子だなと思いながら、古藤さんはぶらりと館内を歩いていく。

平日の、開館してすぐだ。しかもこの一帯は停電となっている。ひとの気配はまばらだった。

その中で、児童書の一角、座高の低いソファやマットが敷かれた場所に、以前出会った、日本人ではない少年と少女が寝そべりながら本を読んでいた。外からの光をあびて、ブロンドの髪がきらきらと光っている。それをまぶしいなと思いながら。

「おはよう」

と声をかけてみる。ぱっと二人の子供が古藤さんを振り返るが、やはり口を開いたのは少年の方だけだった。

「……おはよう」

ございます、という、ささやかな声。古藤さんがいつも学校で聞くような挨拶とはまた違うが、間違いのない流暢《りゅうちょう》な日本語だった。

「この図書館の、近くに住んでるの？」

尋ねれば、こくりと、少年が頷く。

エヴァと呼ばれていた少女は、黙りこくって本を見ている。

「学校は？」

流れるように古藤さんが聞いたのは、彼女にとっては自然なことだった。住民票がどのようになっているかはわからないが、この土地に住所があるのならば、一時的であっても、古藤さんの教えている小学校への入学は可能なはずだ。

けれど、続く言葉は、古藤さんの予測していたものとは違う答えだった。

「行ったことない」

古藤さんは眉を上げ、思わずソファの背に手を置いて覗き込むように身を乗り出す。視線だけで確かめたのは二人の手首だった。義務教育開始とともに配布される小型端末はつけていないし、その特有の日焼けもない。

「どうして？」

行っていない、ではなく、行ったことがないというのはどういうことなのだろうか。彼らの肌の色、髪の色、つまりは生まれからのものなのか、と思うけれど、少年は年の割に聡明であるのだろう。本に視線を戻しながら、明快に答える。

「父さんが」

迷わず、躊躇わず、何度も答えてきたことのように。

「お前達は、行かなくていいって」

「どうして」

と、もう一度、古藤さんは尋ねていた。尋ねるたびに距離が近づくから、板挟みになった少女の方が、居心地悪そうに、少年へと身体を寄せた。

続く少年の答えは、やはり迷いなく、淡々と告げられた。

「どうせ、お前達は長生きをするわけじゃないから」

ここで、好きな本を読んでいなさいって、言われた。

その言葉は、少なからず古藤さんの胸をえぐった。この、つくりもののように綺麗な、天使のような顔をした子供から、そんな言葉を聞かされるとは思ってもいなかった。

「だめよ」

思わず強い声が出て、びくりと怯えるように肩をゆらしたのは少年ではなく少女の方だった。

だめよ、と強い憤《いきどお》りのまま、古藤さんは言っていた。

あとから思えば、間違ったコミュニケーションだったと反省することしきりだった。頭ごなしに叱《しか》り付けるような場面では、決してなかった。けれど、古藤さんも動揺したのだ。

思わず強い言葉を投げてしまうほど、図星を指されたからかもしれなかった。

まだ若い、小さな子供達が。そしてこれから生まれてくる、幼い幼い命達が、一体どういう風に生き、どこまでたどり着けるのかなんて、誰も知らない。破滅的な思想はすでに時代遅れともいえたけれど、それは人々が終末思想に飽きたというだけのことだ。

未来を信じるのは自由だから。

未来を信じないことも、また自由だ。

でもそれを認めたくないと、思う心が古藤さんの中にはある。

古藤さんは人の親であり、教育者であり、そして同時に、なにかを未来へ残さんとする志《こころざし》の人間だからだ。

自分達の行く先に。未来がないとは、信じたくない。

「あなた達は」

古藤さんがなにかを続けようとするが、ぱっと立ちあがったのは少女の方だった。傍《かたわ》らにあった本を一冊持って、カーペットの敷かれたその場所から走り去る。

「エヴァ！」

少年が立ちあがり、追いかける。その小さな、二つの背中を、ただ、古藤さんは眺めることしか出来なかった。

「こら！」

と、言われて、古藤さんはサエズリ図書館の裏庭、側溝のそばでしゃがみ込んで、煙草をふかしていた手を止めた。

「なにしてるんですか、古藤さん！」

仁王立ちになって、腰に手を当てて、古藤さんを見下ろしていたのは、サエズリ図書館の特別保護司書官、ワルツさんだった。古藤さんはばつの悪い気分になったけれど、ふてくされたように、顔を背けた。

裏庭で、隠れて煙草を吸っている、まるであの警備員のように扱いづらい、腫《は》れ物《もの》の若人《わこうど》にでもなったようだった。

我ながら、子供っぽいとは思うけれど。

なにもかも、ままならないすべてに従順ではいたくないのだ。大人になっても、四十に近くなっても、反抗をしたい時はある。

「……古藤さん？」

ワルツさんが、今度は気遣うように、問いかける。その響きに、さすがに古藤さんの良心が痛んだ。子供っぽい挫折感《ざせつかん》と自分の無力で、この真面目《まじめ》でまっとうな人を、責めたりするのはお門違《かどちが》いじゃあないか。

携帯灰皿に煙草をつぶして、ごめんね、なんでもないよ、と言えばよかったのだけれど、そうする前に、ワルツさんはぱたぱたと事務室の方に走っていって、それからなにかを持ってきて。

近くの、木陰のテーブルに置いた。

「ここに、どうぞ」

用意されたのは、古風な、煙草盆だった。銀の煙管《キセル》が一本置かれた、骨董品《こっとうひん》のようなそれに、古藤さんはさすがに驚いた。

「本当は、図書館は火気厳禁だから、今日だけ、ですけど」

今日だけ、ここだけですよ、とワルツさんが言う。そんなところにしゃがんでないで、ここに座って下さい、という言葉に、古藤さんは不覚にもちょっと目頭が熱くなりながら、金属で出来た白い椅子に腰をかける。

辺りはあたたかな日差しで、緑を揺らすのは爽やかな風だ。電気は止まってしまっているけれど、腐っているのも馬鹿馬鹿しいような、外での読書にはもってこいの気候だった。

「これは、誰の？」

新しい煙草を取り出しながら、古藤さんはワルツさんに尋ねる。煙管の載った煙草盆。よく手入れされたそれは、決してお飾りのものではないとわかったからでもある。

「……」

掃除でもするのだろうか、箒《ほうき》を取り出してきたワルツさんは、古藤さんの問いかけにちょっとだけ言葉を止めてから。

「わたしの、です」

とこっそり言った。眼鏡の奥で、古藤さんが眉を上げる。ワルツさんはすまし顔で、落ち葉を集めている。

へぇ、と言いながら、古い木に飴《あめ》をかけたように輝く煙草盆をしみじみ眺めて、それが経てきた時間のことを思った。

古い物を大切にする、本が好きな、ワルツさんらしい持ち物だなと思いながら、古藤さんは言葉を選んで言う。

「……兄妹……双子かな、がいるでしょう。日本人じゃない」

「アダムくんとエヴァちゃんのことですか?」

この名前に、古藤さんは呆れた。アダムとエヴァ。始まりの、男女の名前だ。

「あの二人って――」

「お父様が、研究者で」

ワルツさんの言葉の他には、箒をはく、音だけがしている。あたたかな日差しを集めるように、ワルツさんが箒を動かしながら言う。

「わたしの父と、古い知り合いだったんです。二人が生まれてからは、ずっと日本にいらっしゃるようですね」

今は、日中この図書館に子供達を預けて、研究の方をなさっているそうです、となんでもないことのようにワルツさんが言う。古藤さんは、眉間に軽く皺《しわ》を寄せて。

「……子供は、学校に行かなきゃあ、いけないだろう」

と言うが、ワルツさんの方は、わずかに首を傾《かし》げるだけで。

「そういう教育方針じゃないみたいですね」

とさらりと告げた。火種のくすぶる煙草を持ったまま、古藤さんは強い調子で言っていた。

「わたしは教師だよ」

まだ、先の憤りが残っているのだろうと頭の隅、古藤さんは自覚する。ワルツさんに対して八つ当たりだとわかっていたけれど、言わずにはおれなかった。

「知っています」

とワルツさんはこたえる。顔を上げて、穏やかに古藤さんに笑いかけて。

「でも、わたしも、学校には行ったことありませんよ」

その言葉は、古藤さんの言葉を奪うに足るものだった。軽いショックを優しくぬぐうように、箒を動かしながらワルツさんは続ける。

「古藤さんは、素敵な先生だと思います。でも、あの二人のお父様が二人をそう育てたいのならば、あの子達は、そうすべきじゃないでしょうか」

古藤さんは、黙って煙草を吸う。苦い味が、味覚の麻痺《まひ》しつつある口内に広がる。

ワルツさんの父親は、この図書館の創設者なのだという。今の時代に、こんな土地に、図書館をつくった男は、もちろん一般人とはほど遠い人間だろう。

　そして、ワルツさんはこの図書館を愛している。それは、父親を愛することと同じなのかもしれなかった。

　蜜色になった煙草盆のように。

　受け継がれるものがある。

　自分は、生徒になにかを残せるだろうかと、古藤さんは考える。生徒になにかを残せるだろうか。娘に、なにかを残せるだろうか。

　未来になにかを残せるだろうか。

　ゆっくりと灰色の煙を吐いて、ぽつりと言う。

「ワルツさんだってさ」

　葉の影を頬に揺らしながら、古藤さんがそう言うので、ワルツさんは箒をかける手を止めてふり返った。

　近くに姿は見えないけれど、金木犀《きんもくせい》のにおいがしていた。

「電子書籍を避けて育ってきたわけじゃないだろう?」

「電子書籍——……ですか?」

「うん」

　古藤さんが煙草をくゆらせながら、淡々と言う。

「わたしも大概、本は好きなんだけどさ。やっぱり、嗜好品《しこうひん》でしょう。贅沢なしろものだ。魂がこもっているのはデータだと思うんだよ。それは知識であり、言葉であり、感情であり、数値であり、事実だ。なにも無理に、本の形にしなくたっていいんじゃあないかな」

それともなに、と古藤さんは、皮肉げに唇の端を曲げて笑った。

少し、意地悪をしてやりたい、気分だった。

「データは本じゃない、と言うかね。サエズリ図書館のワルツさんは」

問われたワルツさんはしばらく立ちすくんで、考えるように首を傾げた。答えに迷うというよりも、これまでそんなことは考えたことがない、という顔だった。

どうして本なのか。古藤さんの、唐突なその問いかけに。

「データが魂だ、と思います」

慎重に、言葉を選んで、ワルツさんは続ける。

その姿を、じっと古藤さんは眺めている。

「電子書籍はなによりかさばりませんし、複製も容易ですし、資源も使いませんし、本では出来ないことを、たくさん、可能にしてくれます」

じゃあ、どうして。

今、この時代に、図書館なのかと。古藤さんが尋ねようとした、その前に。

ワルツさんは「でも」と呟いた。

「でも、ここにあるのが、本でよかった、とわたしは思います」

古藤さんの傍らにある本を一冊手に取り、そっと自分の胸にあてて。

ワルツさんは言った。

「魂だけじゃ、抱きしめられませんから」

そしてワルツさんは、日だまりのように笑った。

「どうして本なのか。その問いには、はっきりと答えられません。でも、わたしの宝物が、本でよかった。そう思います」

そのまぶしい笑顔を、古藤さんは切なくなるような思いで、目を細めて見た。これほど愛されたのなら、それは幸せなことだろう。好きになることは病だと言っていたのは誰だっただろうか。

病だと思えるほど、好きになれたのなら、どんなにいいだろう。

古藤さんがそう思った、ちょうどその時だった。

「ワルツさんっ」

息を切らして、走ってきたのは白い肌の少年だった。アダム少年は白い顔をいっそう白くして、額に汗を浮かべながらワルツさんに駆け寄った。

「エヴァ、見なかった」

「エヴァちゃん？」

ワルツさんがしゃがみ込む。

「一緒に本を読んでいたんじゃないの？」

「読んでた。読んでたんだけど」

あいつ、どこか行っちゃったんだ、とアダム少年が早口で言うので、古藤さんは火をつけたばかりの煙草をつぶして立ちあがった。

「いなくなったの」

厳しい声でそう問えば、アダムが惑うように視線を泳がせる。古藤さんは息を吸って、吐き、無理矢理にでも心を落ち着かせる。

「端末は――」

と言いかけて、言葉を切る。事故や犯罪防止のため、発信器《レコーダー》を兼ねている小型端末《シーセル》は、この子達は持っていないのだ。

「外に出たかどうか、わかる?」

地面に膝をついて、ゆっくりと尋ねたら、アダムは「わかんない」と小さく首を横に振った。

嫌な予感が、古藤さんの胸の中に渦巻いた。

(子供が巻き込まれる事件が)

つい最近見た学校端末の文面が、脳裏を駆ける。

(緊急停電の際は、特に細心の注意を)

「探しましょう」

今ならまだ遠くに行ってはいないはずだ。

「ワルツさんは図書館の中を。わたしは外を見てくるわ」

と古藤さんが素早く言うが、ワルツさんは古藤さんの腕を摑んで、首を横に振る。はっきりとした制止の仕草のあと、もう一度しゃがみ込んで、アダムに聞いた。

「エヴァちゃんは、本を持っていたでしょう？　タイトルは、わかる？」

そう言われて、アダムが口にしたのはとある図鑑の一巻だった。正式なタイトルではなかったが、「——の本」という言葉を聞いて、ワルツさんは唇をなぞる、仕草をひとつ。ほんの一時、黙してから。少年の腕を取って、立ちあがると、言った。

「外です。行きましょう」

その、迷いのない口調に、古藤さんはけげんに眉を寄せて。

「わかるの？」

と尋ねた。「はい」とワルツさんは頷き、言う。

「わたしはこの図書館の特別保護司書官ですから」

それは、古藤さんも知っていることだった。特別保護司書官と呼ばれる立場の人間は、図書館の蔵書の位置情報アクセス権を有している。けれど今は緊急停電で最低限の待機電力しか使えず、そもそもワルツさんは端末にも触れてはいない。

けれど彼女はまるで本を選び出してくる時のように、迷いのない口調で言うのだ。

「サエズリ図書館の本を持つ限り、どこにあっても、その場所にたどりついて見せます」

行きましょう、とワルツさんが歩き出す。

ワルツさんを先頭に、古藤さんとアダム少年が図書館の外へ駆け出せば、アダムは不安を誤《ご》魔《ま》化《か》すように、早口で喋った。

「エヴァは、自分がすぐに死ぬと思ってるんだ」

だから、時々、泣いて隠れるのだという。決まって本を、持ったままで。

その気持ちを、古藤さんは少なからず理解が出来た。

個人差はあれど、ちょうど小学校の低学年から中学年へと上がる、その頃に、子供は一度死を自覚する。少年よりも、少女の方が少しだけ早い傾向がある。自分と、自分以外が死ぬことを理解し、恐怖に陥るのだ。そんな子供を幾人か見てきたし、古藤さんの娘にもまたそんな時期があったから、古藤さんは知っている。

そんな時、大人は上手《じょうず》に嘘をつく。

いつかは死ぬけれど、今は死なないという、嘘だ。

けれど、エヴァとアダムの父親はそうではなかったのだろう。いつかは必ず死ぬ、その先は、長いとは限らないという事実をつきつけられたら、そこから逃げるすべを、子供は持っているだろうか。

「ぼくは、にいちゃんだから」

聡明な少年であるアダムは、押し殺した声で言う。

「エヴァのにいちゃんだから」

ぼくが、見てやらないといけないんだと、なにかを決めた声で言うから、「大丈夫だよ」と古藤さんは頭をなでてやった。小走りに走りながらだから、乱暴な仕草になってしまったけれど。

——大丈夫だよ。

自分は、嘘を、上手につけただろうかと、古藤さんは思った。

サエズリ図書館の隣には大きな公園が広がっている。その緑地を、ワルツさんは迷いなくつっきっていくと、やがて、少女の声がした。

泣き声だった。

ひやりと古藤さんの心が冷える。それはアダムも同じだったようで、はじけるように、足を速めて。

「エヴァ!」

緑地を飛び出した、そこに、エヴァはいた。本を抱いたまま、大きな泣き声をあげる、少女の背中、服を、摑んでいる、背の高い、人影。

その人影に、アダムは体当たりをする。

「離せよ!」

「うぉ」

わずかによろめいて、服から手を離したのは、警備服を着たままの、サエズリ図書館警備員、丹後英人氏だった。

「アンタなにしてんの!」

古藤さんは思わず言ってしまった。怒鳴られたタンゴくんは驚いたような顔をして、古藤さんと、それから、やっぱり驚いた顔をしている、ワルツさんの方を見て。

「いや、だって」

顔をそむけて、ぼそぼそと、通りの悪い、声で言った。

「逃げるから」

親指で乱暴に、泣いている、少女の方をさして。

「本、持って逃げたら」

どこか拗《す》ねたように、整いながらも人相の悪い顔をしかめて。

「追いかけるのが、俺の仕事じゃ、ないんスか」

警備員、だから。

そう言うから、古藤さんは、ワルツさんと顔を見合わせて。思わず、小さく笑ってしまった。

エヴァはよほど怖かったのだろう。いつまでも、兄であるアダムにしがみついて泣き止《や》まなかった。そしてその腕には、サエズリ図書館の本もまた、ずっと大切に、抱かれたままだった。

本があの子達の救いになればいいなって思うんです。

そう、ワルツさんが古藤さんに語って聞かせたのは、後日のことだった。やわらかな光の差し込む、あの図書館で。

とても子供の生きにくい、今の時代に、不安でいっぱいで、あの子達は、怯えながら生まれたのでしょうね、とワルツさんは言った。

美しい小さな子供の、死の恐怖とそのあり方に触れて、古藤さんが尋ねれば、穏やかな調子でうたうようにワルツさんは答えた。

確かにあの子達は、難しい時代に、難しい生まれで、古い時代のようには、長生きはしないかもしれません。でも、あの子達のお父様も、あの子達が長生き出来るように、毎日、ずっと、研究を続けているんですよ。

この世の中は、時折おそろしいばかりですが。

本が、一時《ひととき》でいい、ちょっとでもいい。不安と恐怖を紛らわせる、救いになればいいなって思います。

だって、もともと、そういうものでしょう?

本を読んで、ここではないどこかに行くってこと。遠くまで飛ぶってこと。

そして遠くまで行った記憶は、きっといつまでもあの子達の心から消えないんだと思います。

その言葉を聞きながら、古藤さんは、どうして自分が今の仕事を選んだのかということを考えていた。生きにくい時代に、子供を産んでも、どうしてどちらもやめられなかったのか。二足のわらじを、履こうと思ったのか。

この仕事を、選んだのか。

古藤さんは覚えている。寝転んで眺めた、本の記憶がある。あの本がなかったら、今の自分はないだろうと古藤さんは思う。

優しく笑い、ワルツさんは言った。

本が育てた、あの子達は。

本を愛する、大人になるんです。

その言葉を、古藤さんは噛みしめる。灯りをつけそこなった部屋。散乱した印字用紙。端末の中で躍る文字。嵐のような身の内と心。奥歯を噛んで震えながら、絞り出して。思い返すのは、本を抱えていた、小さな手。

あの子達には、本がある。

そこには質量がある。

そこには魂がある。

言葉が、文字が、知識が、物語が、生きているから。


モーツァルトの交響曲が聞こえた。

はっと、古藤さんが目を覚ますと、時計はちょうど、正午をさすような時間だった。日曜なのをいいことに、明け方まで仕事をして、机で寝落ちてしまったらしかった。古藤さんのアンチエイジング計画はもう、ずたずただ。この仕事が終わったら、外回りもあるだろうから、絶対にお金をかけて綺麗になってやるとやけっぱちのように思いながら、眼鏡の跡の残る目元をぬぐって、BGMのオーディオを切り、すぐ近くに置いてあった、携帯端末を取り上げる。

そして、古藤さんは離れて暮らす娘に電話をかけた。

娘は日曜日の日中、家にいたらしく、また母親から出かける予定をすっぽかされたことをさんざんなじり、古藤さんは「ごめん、ごめんって」と何度も謝った。

「ほんとにごめん」

やがて娘の態度が軟化してくる頃、古藤さんは話を切り出す。

「ねぇ、あんた今度、中学校でしょう」

そうだよ、と娘が言うので、古藤さんはああよかった間違っていなかったと、やっぱりいい加減で、母親失格なことを思いながら。

「ねぇ、本を買ってあげようか」

と言った。

娘は端末の向こうで驚いたようだった。聞き返されたので、「本だよ。うん。データじゃなくてね」と古藤さんが念を押す。

「あんたの、入学祝いに、本をあげたいのよ」

どんな本がいい？　と古藤さんは尋ねる。入学祝いに本なんて、最近の刊行物だとしてもずいぶん高価でプレゼントとしては相応ではないのかもしれない。それこそ、服や端末の方が安くつくだろうし、有用ではあるのだろう。それでもこの子に、本をあげたいと古藤さんは思ったのだった。

突然の言葉に、娘はしばらく考え込むように沈黙していたが。

やがて、ぽつりと、小さな声で言った。

お母さんの本がいい。

言われた古藤さんは驚いて、娘がそうしたように、聞き返したけれど、娘の言葉は聞き間違いではなかったようで、もう一度、念を押すように、古藤さんの耳に届いた。

お母さんの、本がいい。

その言葉に、古藤さんはまばたきをして、それから、机の上にある、自分の百科事典に目を留めた。

そうだ、そうじゃないか。この本に出会ったから、自分は今ここにいる。

なにより仕事が大切で、ずっとろくでもない母親だったけれど。それでも、これが自分の生き方ではあったし。母から子に。渡せるとすれば、これ以上のものはないと、古藤さんも思った。

そして約束をして通話を終えると、仕事を仕上げるために、古藤さんは机に座り直した。


それからしばらくあとのこと。

サエズリ図書館代表であり、特別保護司書官であるワルツさんの朝は早い。

まず館内の設備のチェックをし、問題なく電源が入ることを確認して、端末を立ち上げ、夜間のネットワーク上貸し出し処理を端末上で承認する。端末で処理をしている間、自分のデスクに座り、カフェインレスのコーヒーを飲むのがワルツさんの日課だった。その日は日曜日だったから、図書新聞の配信がある。この、出版ニュースを集めた新聞を読むのがワルツさんのなによりの楽しみだった。

自分のカップに口をつけて、図書新聞記事を開く。フルカラー紙面の配信は電子書籍ならではのものだ。

図書新聞の一面にあったのは、ある作家の最新作が、電子書籍だけではなく、図書としても刊行されるというニュースだった。

「あら」

とワルツさんは、電子端末に向かって声をあげていた。専門書ではなく一般書、しかも広く大衆に読まれることを目的とした小説の新作が本の形で、しかも記念物ではなく販売までされるとは本当に珍しいことだった。最近大きな文学賞を取った作家の受賞後第一作で、紙面には著作を持った作家の顔写真が掲載されている。

ゆるくパーマをかけた長い髪を流した、品のよい、美しい女性だった。

けれど。

(…………?)

なにかがひっかかって、ワルツさんは首を傾げる。傾げたままで、紙面を読み進めていく。

新作は十八世紀ヨーロッパを舞台とした音楽小説であるということ。宮廷音楽家達の才能と、挫折、そして生き様を描いたフィクションではあるが、精密な時代考証に基づくストーリーと人間愛が魅力だと書かれている。

もちろん、著者のコメントは、今回の特殊な刊行形態にも触れていた。

――同著の作者、孤島亜稀《コトウアキ》氏は、今回の図書刊行について、以下のように語っている。

――「今回の刊行は、中学校に進学する娘のために、形として残しておけるものを作りたいという私のわがままでした。まだ彼女には早いかもしれませんが、本という質量が、彼女の手の中に渡ることを、とても嬉しく思います」

それらの言葉を何度も読んで。美しい写真を、記憶にある野暮《やぼ》ったい、おざなりなジャージ姿と、なんとか重ね合わせて。

「あら、あら」

そう、ワルツさんが何度も呟くと、コーヒーカップを上げて、また置いて。出納《すいとう》用の端末を立ち上げると、

「この図書館にも、一冊いれなくっちゃ」

と、年間の図書館の予算と、購入予定を確認しはじめる。

サエズリ図書館代表であり、特別保護司書官である、ワルツさんの朝は早い。

そしてのんびりはしていられないのだ。

毎日図書館には誰かが訪れ。

魂のある、生きた本を、探しに来るのだから。

第二話　サエズリ図書館のコトウさん
終

第三話　サエズリ図書館のモリヤさん

真新しい図書館で、少女が本を読んでいる。長い髪を結ばず流したままにして。

杖をついた老人がやってきて、ゆっくりと膝《ひざ》をついて尋ねるだろう。

『なにを、読んでいるんだい』

少女は顔を上げずに、小さな声で答える。

『本』

そのつたない答えに、老人は、笑う。

『本が、好きかね』

問いかけに、少女は顔を上げるも。小さく首を傾《かし》げるだけだった。

首を傾げる、その動作に追従するように、ぱらりと、大きな本の紙が、しどけなく眠るように倒れる。

白いページ。躍る文字。

少女にとっては、それがあまりにすべてだった。

夏の盛りが近づいていた。平日の癖でスーツにネクタイまで締めてきたけれど、あまりきかない鉄道内の冷房に、早くも森屋《モリヤ》さんは後悔をしはじめていた。

私電の駅に降り立つと、照り返しに目がやられそうだった。眼鏡《めがね》のガラスには紫外線カットの機能があったけれど、上がり続ける熱の気配はいかんともしがたい。ネクタイを気持ち緩めた森屋さんは、早々にタクシーに乗り込んだ。

後部座席に座ると、人工の冷たい風が頬をなでて、ようやく人心地がつくようだった。「どこまで？」と聞かれて、森屋さんは懐《ふところ》から出した端末を読み取り機にかざした。すぐに位置情報が転送され、「あぁ、サエズリ図書館ね」とタクシーの運転手は言った。

「有名なんですか」

囁《ささや》くように森屋さんが尋ねた。

「どうなんですかね。よくお客さんは乗せますけどね」

私は入ったことはありませんねぇ、と運転手がハンドルを切りながら笑う。車内の設備は新しかったが、車自体はずいぶんな旧型のようで、曲がるたびにきりきりと音が鳴った。

「私は学がないので、わかりませんがね」

たくさんあるんでしょう、本が。

運転手の言葉に、森屋さんはふ、と笑った。穏やかではない、嘲笑《ちょうしょう》に似た笑みだった。眼鏡を押し上げ、街路樹の途切れることはない車窓を眺めている。

「本なんて、道楽ですよ」

そう言ったきり、端末で経済雑誌を広げはじめた。やがてタクシーは、大きな駐車場へと入っていく。

タクシーを降りた森屋さんは、銀色のアタッシュケースを片手に提《さ》げて、サエズリ図書館の外観を見上げた。丸いフォルムの、明るい建物だった。古い本が大量におさめられているとは一見して思えず、不似合いだなと感じた。同時に不快な気持ちにもなった。

壁の白さが、人の屍《しかばね》を彷彿《ほうふつ》とさせるからだろう。

そしてそれがあながち間違いでもないことを、森屋さんは知っている。

入り口には警備員が立っていて、車の誘導をしていた。背の高い、身体《からだ》の薄い警備員の帽子から覗《のぞ》く髪が脱色した金なので、黒髪を短くセットした森屋さんは少し驚いた。しかもずいぶん年若い警備員だった。三十路《みそじ》まで一年を切った森屋さんは視力が悪く、そのうち矯正《きょうせい》手術を受けるかもしれないが、今は度の強い眼鏡をかけている。だから警備員のピアスもはっきり見えて余計不可思議な気持ちになった。

最新の図書館に、若い不良のような、警備員。

蟬《せみ》の声が遠くに聞こえる。しばしその時雨《しぐれ》に進むのを躊躇《ためら》っていると。

「どうかしたんですか？」

突然声をかけられて、森屋さんは振り返る。隣を見ると、これといって特徴のない女性が森屋さんを見上げていた。肩にかかる髪。シンプルな白いシャツと、水色のオーバーオール。少し子供っぽい服装だったが、森屋さんと同世代か、少し若いか。近くの、青い車から降りてきたらしかった。

女性は多分親切のつもりなのだろう、サエズリ図書館をさして言った。

「こちら、サエズリ図書館ですよ」

けれどそれを、森屋さんはお節介だなと受け取った。

「知ってるよ」

そもそも知らなければ、こんな片田舎《かたいなか》にわざわざやって来ないだろう。と思うも、そこまで説明してやる義理はなかった。言われた女性は面食らったようだったが、置いていく形で歩き出す。

二重になった自動ドアを踏み込むと、快適な空調に包まれた。まだ、スーツを着た森屋さんには暑いくらいだが、長時間館内にいることが前提とされているのだろう。

森屋さんは、まっすぐに中央の貸し出しカウンターに歩いていった。カウンターに座っていたのは、初老に手が届きそうな白髪《しらが》の婦人で、顔つきから仕事が出来そうな人だなと、比較的好意的な印象を持ったけれど、森屋さんの気むずかしい顔には出なかった。

小さく息を吸い、硬質の声で言う。

「館長と話がしたい。不在なら、寄贈受け入れの担当者と」

「寄贈受け入れ担当は、この館の責任者です」

職員は素早く切り返すと、端末を取り出し、「お名前は」と尋ねる。

「森屋……」

　と森屋さんはそこでわずかに躊躇《ためら》ってから、「森屋新郷朗《シンゴロウ》の孫です」と低い声で告げた。どうせそれが本題なのだから、その心づもりで来てもらえばいい。通じないかとも思ったが、「はい」と職員は答えて、端末を取り上げると、まもなく通じた相手に、「ワルツさんに来客です。森屋新郷朗さんのご親族が」と告げる。いくつか言葉を交わして端末を切ると、「今参ります」と言って、「こちらでお待ち下さい」とカウンターの脇をしめされる。「お待ちの方、どうぞ」の言葉に後ろから、肩をいからせてやってきたのが、さっき森屋さんが無下《むげ》にした女性だった。

　両手に抱えた本をカウンターに置く。若い横顔には不似合いだなと、森屋さんは重ねて失礼なことを思った。ちらりと背表紙を見れば、海外の古いファンタジー小説で、わざわざこれを本で読む必要があるのか？　と森屋さんは思わずにはいられない。端末が使えないわけでもあるまいし。

　よっぽど本が好きなのだろうと思うと同時に、贅沢《ぜいたく》な話だ、と森屋さんの胃の底がむかついた。

　その視線が相手に届いたのか、振り返った目が合う。目をそらす前に、相手の女性が小さく、べ、と舌をつきだしてきたのでぎょっとした。

　子供か。

　そう思った時だった。

「お待たせしました」

声をかけてきたのは、やはりまだ若い女性だった。きっちりとした制服に身を包み、優しそうな笑みを浮かべて。紙の名刺を一枚、差し出しながら言う。

「わたしがこのサエズリ図書館の代表、特別保護司書官の割津《ワルツ》唯《ユイ》です」

「……ワルツ」

森屋さんが、かすれた小さな声で反復した。

「割津、義昭《よしあきら》」

明るい光が、涼しい館内にそそいでいる。白の反射する明るい図書館の中で。

「はい」

にこりと笑う。穏やかに。たおやかに。

「わたしが、義昭の娘です」

そして、誇らしげに、彼女は言った。

「ようこそ、サエズリ図書館へ」

幸せそうな、その笑顔が。ひどく森屋さんの、癪《しゃく》に障《さわ》った。

通された事務室のソファは座り心地がよくて、安堵《あんど》を誘発する。それが逆に、いちいち部外者である森屋さんの居心地を悪くするのだった。

ワルツさんは代表であると名乗っていたが、自分でお茶を持ってテーブルに置いて、森屋さんの向かいに座った。

「今日は、どのような？」

「祖父の本のことです」

出来る限り事務的に、森屋さんは告げた。それに対するワルツさんの行動は早かった。近くにある端末を操作し、データを引き出す。入力から出力までにかかる時間で、どの年代の処理端末を使っているのか森屋さんにはすぐにわかった。間違いない。今はもう生産中止となっている、先進機だった。壊れてしまえば修理に出すのにも困るだろうにと森屋さんは呆れた。ワルツさんは、その視線を意に介さず、データだけを注視しながら言う。

「新郷朗文庫ですね」

森屋さんは、自分の祖父の本がそのように呼ばれていることをはじめて知った。

「まだ残っていますか」

「もちろん」

ワルツさんが微笑《ほほえ》み、頷《うなず》く。

「一冊残らず、書庫にありますよ」

ふっと森屋さんが息をついた。とりあえず、最悪の事態はまぬがれたのだと思った。物はここにある。では、状態は？

「以前の、まま。変わらず、ですか？」

軽く身を乗り出し、両手を組み合わせて森屋さんが問えば、ワルツさんは小さく首を傾げた。

「以前のまま、とはどういった意味でしょうか」

リストをはじき出しながら、ワルツさんが流れるように言う。

「新郷朗文庫は特に句集や歌集を豊富に揃えていますね。よく貸し出されている本もあるので、経年劣化しているものもあるでしょうし、壊れかけているようなら、補修に出している可能性もあります」

でも、すべて、この図書館に所蔵しておりますよ。そう告げる。その言葉に、森屋さんはソファに浅く座り直し、フレームの細い眼鏡をかけ直して、言った。

「お願いがあるんです」

低い声で、本題を切り出した。

「その本を、すべて、貸し出し停止にしていただきたい」

森屋さんの言葉に、ワルツさんは細く整った眉《まゆ》をひそめた。

「貸し出し停止、と言いますと？」

「祖父が蔵書をここへ寄贈した時の契約書を見せていただきました。契約の通り、祖父の蔵書はこの図書館のものだ。だから、その本を渡してくれとは言えません。同じだけの金銭をつんでも、書籍は買い戻すことが出来ない。そういう契約書にサインをしています」

ですが、と森屋さんが理路整然と言う。

「森屋新郷朗の孫としてお願いいたします。祖父の所蔵本を、一時的に、貸し出し停止にしていただきたいのです」

「貸し出し、停止……」

ワルツさんはもう一度鸚鵡返《おうむがえ》しにそう言うと、長い指を自分の頬にあてた。惑うような仕草をしてしばらく後、「いいえ」と首を横に振った。

「蔵書の管理については、この図書館に一任されているはずです。ご親族といえど、蔵書のあり方について口出しは」

「では」

すばやく切り返すように森屋さんが尋ねる。

「わたしがすべて、予約をするということは可能でしょうか」

「えっ」と思わず、ワルツさんの口から戸惑うような声がもれた。

「すべて、予約……」

呆然とそう言ってから、またぶんぶんと首を横に振る。

「出来ません。予約は一度にひとり三冊までと決まっていますから」

サエズリ図書館の蔵書である限り、利用規約は守っていただきます、とワルツさんはかたくなだった。

「では、どのようにすれば、祖父の本をすべて押さえることが出来ますか」

「蔵書を、すべて、押さえる……」

また復唱して、ワルツさんは視線を泳がせた。ワルツさんはとても優秀な図書館司書であるのだろう。利用者の希望には、出来うる限り応えるというのが、義務ではないとしても、使命だとは思っているのだろう。けれどそのために、規約をねじまげるわけにはいかない。無理だと言ってしまうのは簡単だが、けれどそれは、適切な資料案内《リファレンス》ではない、というのがワルツさんの考えだった。

目的を聞かせて欲しいとワルツさんは言った。そこから、解決法が見つかるかもしれないと。

「蔵書をすべて、ご予約されて。なにを、なさるんですか?」

「決まってるでしょう」

軽蔑《けいべつ》する思いで、眼鏡に触れながら、温度の低い視線に低い声をのせて森屋さんは言う。

「読むんですよ」

森屋さんの祖父である森屋新郷朗が蔵書をすべて手放したのは、森屋さんがまだ十にもならないような頃だった。その当時は読めなかった本が、今なら読める。死んでしまった祖父の人となりを知るには、こうするしかないのだと、森屋さんは淡々と語った。

「わたしは祖父の本に、誰よりもはやく目を通したいのです。一冊残らず、すべて」

お願い出来ませんか、と森屋さんが言った。ワルツさんはしばらく黙して考えたが。

「……そのような方法は、思いつきません」

言葉を選びながらも、はっきりとそう答えた。

「先にも申しました通り、この図書館に寄贈された時点で、どのような本もサエズリ図書館の管理下におかれます。戦後《A・P》のものは地上階に。戦前《B・P》の書籍は地下書庫におさめられ、まとまった寄贈本には寄贈者の名前で文庫がつくられますが、よほど破損の激しいもの、もしくは資料価値のあるもの以外は、すべての利用者に貸し出し可能となります」

森屋さんは、ワルツさんの説明の言葉尻を素早く摑《つか》んだ。

「資料価値の高い高くないは誰が決めるんですか？　貴賤《きせん》は、貴方《あなた》が？」

「……今は、そうです」とワルツさんが慎重に答えるも、森屋さんの切り返しは素早かった。

「では、貴方の権限で、貸し出し不可能にしていただければいい。わたしの祖父の蔵書はすべて貴重なものです。貴方に、貴賤を決められたくありませんね」

いつの間にか森屋さんの口調は、糾弾《きゅうだん》に似たそれになっていた。けれどワルツさんは毅然とした様子で、森屋さんの目を見返し、言う。

「この図書館の代表者は、わたしです」

その言葉に、は、と森屋さんが吐き捨てるように笑った。低い声で暗く笑いながら、俯《うつむ》いて眼鏡を直し、言う。

「やはり、貴方もあの詐欺師から財を受け継いだだけのことはある」

突然の言葉にワルツさんが言葉をなくしたのが、森屋さんにもわかった。けれどもう森屋さんはワルツさんに期待することはなかった。嘲《あざけ》るように笑いながら。

「こちらからこうして出向いてお願いにあがれば、少しは誠意を見せていただけるかと思ったが、期待は出来ないようだ」

まあ順当でしょうね、と肩をすくめて森屋さんが言う。

「そもそも貴方の父親は、認知症の老人をそそのかすような詐欺の手段で、祖父から本をむしり取ったのですから」

その言葉に、ワルツさんの目の色がかわる。

「詐欺だなんて」

けれど皆まで言わさず、森屋さんはワルツさんを責め立てる。

「正当な報酬だと言うのでしょうね。それが正当であったと、思っているのは貴方がただけだ。少なくとも俺は」

眼鏡の奥の瞳を、切れるほどに、細く、薄くして。森屋さんは言った。

「貴方の父親のやったことは、実に悪質な詐欺だと思いますよ」

色白の肌を青白くして、言葉をなくしているワルツさんをそのままにして、森屋さんは立ち上がる。

「祖父の本、見せていただきます」

俺もここでは、利用者のひとりですから。そう言いながら、森屋さんはサエズリ図書館の事務室をあとにした。

腕時計を眺めると、二時を少し回っていた。森屋さんのつけている腕時計は、さほどの重さも大きさもないが、先進時代のハイブランドだった。仕事をはじめた時、最初のボーナスで買った。なにより実用的なのがいいと森屋さんは思っているし、毎日身につけられるものが高価であれば、身の価値も上がるだろうというのが森屋さんの持論だった。

森屋さんは、貧乏が嫌いだった。

なぜか。それは惨《みじ》めだからだ。ぼろをまとっても心は錦といえば聞こえがいいが、そう言うのはよっぽど頭のおめでたい人間か、自分を痛めつけるのが好きなマゾヒストだと森屋さんは思っている。

清貧などという言葉は、金持ちのつくった美しい建前に違いない。自分とは立場の違う人間を、御慈悲でもって嘲るのはさぞ気分のいいことだろう。

笑われる方にはもうならないと森屋さんは心に決めている。なるのであれば、笑う方だ。

カウンターで職員の言うままカードをつくり、新郷朗文庫の場所を聞くと、書庫の入り口付近だと説明された。やはり先進機であるリーダーにカードを通し、書庫に降りてみると、その下には呆れるような景色が広がっていた。

整然と並べられた書棚は、まるで宝石箱のようだと、嘆息とともに森屋さんは思う。身を飾る石ころの価値は森屋さんにはわからないが、金にかえれば万金の値であるところまでそっくりだと思った。

ため息が出るし、同時に胸やけがしそうだった。一番に感じたのは不愉快さであり腹立たしさだった。

代表だというあの女性は、きっと父親であるワルツ教授からこの財産を受け継いだのだろう。

書庫の木の書棚、一番目に付く場所には、『義昭文庫』の文字。まったく見事な書棚だった。

どれもまだ、紙の本がさかんにつくられていた時代のものだ。創設者である割津義昭が、とんでもない書痴《しょち》であったというのは噂だけではないらしい。

だが、本当に、彼の蔵書であったかどうかは定かではないと森屋さんは思っている。少なくとも、正当な入手の経路と対価を払って蒐集《しゅうしゅう》したのかどうかはわかったものではない。

今となっては、確かめようもないが。

(詐欺師)

人間の一番弱い部分につけこみ、その財産をかすめ取るのだから、戦後《A・P》の、あの混乱期でなければ、誰かが立件して豚箱にぶちこまれていたに違いない。それとも、その気にもさせないように、頭の中身を入れ替えてしまうのだろうか。

先進技術とはそらおそろしいものだなと、他人事《ひとごと》のように森屋さんは思った。

いくつかの書棚を見ていくと、なるほど確かに、『新郷朗文庫』と書かれた本棚の一群があった。天井まで届く、本棚の。一列と、半分。

それが、森屋さんの祖父の、持っていた蔵書のすべてだった。

たった、一列と半分。

サエズリ図書館の圧倒的な蔵書数に比べて、その少なさに森屋さんはため息をつく。それでも、土地付きの家を一軒二軒建ててもまだお釣りがくるような値段にはなろうが。

これが森屋さんの祖父の、生き甲斐のすべてだったのかと思うと、ひどくむなしい気持ちになった。

駅で気持ち緩めたネクタイを強めに締め直して、自分は決して、こうはならないと森屋さんは思う。

（じいさん）

丸く曲がった背骨が浮いた、いびつなシルエット。

じいさん、あんたみたいには、俺はならない。

わけのわからないものに金を費やすのもまっぴらだし、それによって貧乏になることも耐えられないと思いながら、森屋さんは、ずっと脇に提げていた、アタッシュケースを赤い絨毯《じゅうたん》の上に置き、番号を合わせて開いた。

持ち運び用のタブレット端末と、カード類、それから森屋さんは、ひとつのケースを取り出した。ちょうど両手におさまるような四角いそれを開くと、青い眼鏡拭《ふ》きの布。そして。

ひどく無骨で、重い、黒縁の眼鏡がそこから出てきた。

森屋さんは近くにあった昇降台に腰をかけて、一番端の一冊を取り出すと、箱に入った辞書の、最初のページを開いた。手にかかった重さに一瞬本を取り落としそうになるが、なんとか持ちこたえ、薄い紙を三ページほどめくり、眉間に皺《しわ》を寄せながら、最後の奥付のページを開く。

そして、小さく息を呑んだ。

間違いない。何度も指でたどり、眼鏡をはずし、最後のページを眺め、また眼鏡をかけて、確認した。

（間違いない）

こんな田舎まで、何時間も列車を乗り継いでやってきた甲斐があった、と森屋さんは拳をかためた。しかし同時に、これから確認していかなければならない本の多さに目眩《めまい》を起こしそうだった。

一冊目で森屋さんが見つけたのは数字だけだ。もっと別の、重要な記述があるはずだった。

確認する本の冊数は、何十冊ではきかないだろう。確かに図書館の蔵書に比べて少ないとは言っても、人ひとりで確かめるにはひどい分量だ。だが、誰かに頼むわけにもいかない。業者に頼む方法もあるだろうが、いちいち貸し出しをして図書館の外に持ち出す必要があるし、第一、金がかかる。

糸口が見えたからこそ、面倒なことをしてくれたものだと改めて思った。ともあれ一度本を閉じて、首を回したその時だった。

「あ」

近くで小さな声がして、森屋さんはぎょっとして振り返った。黒縁の野暮《やぼ》ったい眼鏡は、森屋さんの視力に合っていなくて、くらりと目眩のように視界がぼやけ、立っている人間の顔は判別出来なかった。

けれど、それが人であるということ。それから、水色の、オーバーオールが見えた。

あの、入り口の。

子供みたいな。

そこまで思ったところで、つかつか歩いてきたその女が、これ見よがしに森屋さんに対して笑った。

ひどく癇《かん》に障る笑い方だった。

そして水色のオーバーオールは森屋さんの顔を覗き込むようにして、言う。

「老眼鏡ですか？」

お似合いですね。と言うので。

（失礼な女だな）

と森屋さんは心の中で相手を力一杯罵倒《ばとう》した。喉元まで出かけた言葉を、呑み込むが。相手にするのも不快だった。けれど相手は、本を抱えて書棚を眺めながら、なれなれしく森屋さんに口をきいてきた。

「なに言ったんですか？　ワルツさんに」

「は？」

相手にしなければ話題もなかろうと思っていたのに、唐突に問われて眉を寄せる。もともと、森屋さんが一番嫌いなのは頭のおめでたい人間だった。男女を問わないが、特に感情にばかりに軸足を置く、頭の悪い女は問題外だ。

相手は本棚を見ながら、森屋さんを非難するように言った。

「あなたが、ワルツさんになにか言ったんじゃないんですか？　ワルツさん、すごい顔色で事務室から出てきたんですよ。よっぽど眼鏡さんに、意地の悪いことでも言われたんだろうと思って」

その言い方がまた、神経を逆撫でするので。押し殺した声で、森屋さんは言っていた。

「誰が眼鏡さんだ」

「眼鏡じゃないですか」

振り返って、ぴっと指し示す。森屋さんは、確かに眼鏡さんだった。しかも、いつもの理知的な細いフレームの眼鏡とは違う、それこそ一目で老眼鏡とわかるような無骨な眼鏡をかけているのだから、眼鏡さんと言われることは間違いではないのだった。

もちろん、間違いではないからといって、呼ばれたいわけでは決して、まったく、かけらもない。

特にこんな、失礼な女に。

腹が立った森屋さんは、新郷朗文庫の棚から一冊、取り出そうとした相手の手を、ひねりあげるように摑《つか》んで持ち上げた。

「った」

驚いて、振り返る。化粧の薄いその顔に、吐き捨てる。

「触るな」

顔を歪《ゆが》めて、心底嫌そうに。

「この本は森屋新郷朗、俺の祖父の本だ。今は俺が読んでる。だから、触るな」

きつく言い含めたつもりだった。相手は一瞬、ひるんだようだったが。片手の本を抱え直すと、小柄な身体の背を反らすようにしながら、口を開いた。

「眼鏡さんは森屋さん、ですね」

それから、挑むように睨《にら》み返して。

「私は、上緒《カミオ》です」

聞いてねぇよ、と、森屋さんは、心の中だけで毒づいた。


しごく邪険に扱ったにもかかわらず、上緒さんは新郷朗文庫の棚から離れていかなかった。森屋さんは一冊一冊を手に取って中身をぱらぱらと、特に奥付を入念に見ていきながら、視界にちらちらと入る人影を邪魔だと思った。

「……どこかに行っていただけませんか？」

目障りですから。

そう丁寧《ていねい》に言ってやったのに、上緒さんは意地になっているのか、つんと顎《あご》を上げて言うのだ。

「それを森屋さんが言うのはおかしいんじゃないですか？　だって、森屋さんの本じゃないでしょ？　新郷朗さんの本でしょうし、今はサエズリ図書館の本でしょう？　私達は、ワルツさんから、その本を貸していただいてるに過ぎないわけなんだから」

「だから？」

ひどく冷たい切り返しで、森屋さんが言う。ぐっと上緒さんは言葉に詰まったが、深呼吸をひとつ、臆しないように言った。

「だから、ワルツさんに、ひどいことを言うのは、どうかと思いますよ」

森屋さんは開いていた本を閉じると、その背でとんとんと自分の肩を叩きながら、ふー、と息を長くついた。度の合っていない眼鏡のためか、鈍い頭痛がした。あるいはこの、五月蝿《うるさ》い図書館利用者のせいかもしれないと思いながら、つとめて冷静に、森屋さんは告げた。

「で。それを貴方が、俺に言う理由は？」

なんの資格と権利があって、自分に申し立てをするというのか。述べる気があるのなら聞きますよと、慇懃無礼《いんぎんぶれい》に尋ねれば。

「ここは、ワルツさんの図書館です」

唇《くちびる》を引き結んで、上緒さんが言う。

「けれど、時々、迷惑なお客さんがいらっしゃること、私は知っています。この図書館の本をよこせと言ったり、貸し出しをやめろって言ったり。前に……ワルツさんにひどいことを言ってる人がいて、でも、私はその時、なにも出来なかったから」

ワルツさんの力になってあげたいんです。それが、このさえずり町に住んで、図書館を利用させてもらってる恩返しだと思います。

その言い方は殊勝でこそあったが、森屋さんは心の底から呆れて。

「お節介な女」

思わずそう言っていた。上緒さんはぱっと顔を上げて頬を紅潮させた。

本当のことだろうと森屋さんは思う。お人好しで、お節介で、馬鹿な女だなと思った。哀れにさえ、思った。データでも十分に読める文章をわざわざ本で読んでいることで、特権意識でも持っているのだろう。これだから、本好きは嫌なんだと森屋さんは思う。大した努力もせず、能力もないくせに。

本当に本が好きなのかと聞いてやりたい。

本が好きだという、自分に酔ってるだけじゃないのか。

これ以上は話しても無駄だと、野良犬でも遠ざけるように、森屋さんが手首を振る。上緒さんは赤くなった顔をより赤くして憤《いきどお》りながらも、身を翻《ひるがえ》し、あてつけのように一冊、本棚から本を抜き取った。その仕草にぎょっとし、持っていた本を置くとその肩を掴んだ。

「おい!」

「なんですか」

掴んだ手を振り払って、上緒さんが睨み付ける。けれど、

「聞いてなかったのか」

ここの本は今、俺が見ているんだから、触るなと森屋さんが言う。それもまた、横暴な話ではあった。案の定、上緒さんはむきになり、「嫌です! 私が借りるんです!」と言う。その子供のような強情に、森屋さんが顔を歪め一喝《いっかつ》しようとした、その時だった。

「おうい」

突然声をかけられ、びくりと双方の動きが止まる。書庫の中で、二人に声をかけたのは、さえないジャージを着た、平凡な女性だった。利用客らしき彼女は、胸に本を抱いたまま、眼鏡の奥の目を細めて。

「静かにしなさい。図書館だよ、ここは」

と言った。

大岡越前《おおおかえちぜん》のさばきのように、ぱっと手を離したのは上緒さんだった。どうやらジャージの女性とは既知らしく、いっぺんにしおらしくなって、

「……先生、ごめんなさい……」

と小さくなる。先生？　と森屋さんは思わなくもなかったが、特に興味があったわけでもないので、取り上げた本に視線を落とすと、眼鏡を通して、ぱらぱらと書籍をめくった。それは分冊にされた万葉集《まんようしゅう》の一冊で。詳解も細かく、紙も分厚かった。きっと特別高価な本だろうと苦い思いをしながら、ページをめくっていたが、森屋さんは開いていた手を止めた。

（これだ）

と森屋さんは思った。

これだけか、はわからない。けれど、森屋さんの探していた本の一冊がこれであることは間違いがなかった。けれど。

「…………」

森屋さんは奥付のページを開いたまま、ひどく難しい顔をして、それからページを閉じた。時計を見れば、時間もそう残りがない。森屋さんは遠方から来ているので、帰るにも結構な時間がかかるのだ。しかも、休日であるのに、夜は会社に出向かなければならなかった。

森屋さんは無造作に手を伸ばして、分冊された万葉集の他の巻を取り上げると、用は済んだとばかりに歩き出す。

「ちょっと！　それ、私が！」

背後から、上緒さんの騒々しい声がしたが。

相手をしている暇は、森屋さんにはもうなかった。

図書館を出るにあたり、あの司書だというワルツさんとは顔を合わせずに済んだ。貸し出し処理を終え、タクシーに乗って駅までたどりつく。タイミングが悪く大幅に本数が減らされていたダイヤに腹立たしい気持ちになりながら、列車に乗ると、ようやく座って森屋さんは人心地がついた。その時になってはっと、自分がまだ、野暮ったい黒縁の眼鏡のままだということに気づいて、苛立《いらだ》ちながら眼鏡をはずして、目元を押さえた。

ぼやけた視界で車内を見れば、同じ車両にいるのは、端末を眺めている女性と、その隣でもたれるように眠っている野球帽をかぶった少年だけだった。

「……」

森屋さんはしまいかけた眼鏡をもう一度、かけ直す。この眼鏡を、笑う人間の姿もないだろうと思ったのだった。

そして、アタッシュケースにいれてきた、本を一冊取り出した。予定よりもずいぶん疲れた休日になってしまったが、それに見合うだけの収穫はあった、と森屋さんは思っている。思っている一方で、手の中にある紙の重みに、胸が悪くなるような気がした。

重いハードカバーのその本には、背面、それから背表紙の奥に、チップが埋め込まれているようだった。本を解体しなければとれそうにないし、そういった小細工をすれば、きっとすぐに図書館の方に発信されるに違いない。

サエズリ図書館の代表は、特別保護司書官という立場なのだと言っていた。その立場について、ネットワークの復旧と再開発を主だった仕事とする森屋さんは、知識としてだけはある。道楽の骨董品《こっとうひん》に、過ぎたものだと思わずにはいられない。

(そもそも、この時代に、本だって?)

こんなものの価値など、なくなるべきだと森屋さんは思っている。ナンセンスで、無駄ばかりだ。芸術品なら、霞《かすみ》を食っているような好事家《こうずか》だけで回していればいい。「本」に芸術性なんて、持たせるべきではなかった。まったく同じものがライブラリ上に、より手軽により見やすく、手に取りやすくあるのだ。

不自由が付加価値となるような時代は終わった。今の人と社会にそんな余裕はないし、豊かさもない。

視界の斜め先では、母親にもたれて眠っていた少年が起き出したようだった。彼女に何事かせがみ、親は自分の端末を見せている。その中にあるのはゲームかもしれないし、通信かもしれないし、もしかしたら電子で見る絵本かもしれない。

そのあり方が正しいと、森屋さんは思う。今の時代にあまりに不似合いな本を、膝の上で広げながら。電子書籍が主体となった時に、こんなものはなくなってしまえばよかったのだと。せめて、流通が止まってくれていたらよかったのに。常人には手に入らないくらい敷居が高くなれば。

(もしも、そうだったら)

自分の子供時代も変わっていただろうなと、森屋さんはぼんやりと思った。

森屋さんの祖父は本が好きだった。

好きだった、と言ってしまえば美しかろう。けれどその実情は美しさとはかけ離れていた。それこそ、病的なほど……否《いな》、病気になっても、彼は本を好きでい続けたのだ。若い時には森屋さんと同じように第一線の技術者だったという彼は、戦争を越えてそれこそ死にものぐるいで働き、妻を持ち子を持ち孫まで持った。そうして仕事を辞め、年をとっていく中で、本に囲まれ、もともと趣味であった歌でも詠んで暮らすのだろうと、皆が思っていた。

森屋さんは、万葉集の文字をなぞる。開き癖のついたページを、なぞりながら。

(瓜食《うりは》めば子ども思ほゆ栗食めば……)

その美しさは、森屋さんにはわからないけれど、これは太古の昔の、文学の原点なのだろう。

ここに文字を載せた彼らは、この時代まで、歌や句がつながっていくと思っていただろうか。ここ数十年の回帰主義は、電子文芸の復興ももたらした。俳句や短歌、詩作の人口は増え続けている一方なのだという。思考が出来る脳とネットワークさえあれば、いくらでもコミュニティで自分を高められることが今の時代に合っているのだろう。祖父もまた、引退後は成功するしないは別としても、文化人として生きていくのだと家族の誰もが思っていた。

けれど、老いは彼に情け容赦《ようしゃ》なく襲いかかった。

老い以外の原因もあったのかもしれない。この時代に、長く生きるということ。それ自体が、イレギュラーだったのかもしれない。新郷朗は老いて、認知症の症状が現れはじめた。物忘れは激しくなったし、気性も荒く、落ち込みがちになった。

そしてこれこそが、彼の不幸であり、家族の不幸であったが――本が読めなくなったのだ。なにを読んでいるか、わからなくなった。

本を読むことは好きだったのだろう。けれど、なにを読んだのか覚えられなくなり、同じ本を何度も買ってくるようになった。

少ない年金に、貯金を切り崩していくような生活で、そうたくさんの本が買えるわけもない。けれど、彼は本を買い続けた。そのたびに家族と衝突し、身体はあくまで健康であったことも災いして、病院に入ることも出来なかった。カードでの決済を止めても、家に人を呼んで本を買い付けた。とんでもない値段で。

優しい祖父の思い出など、森屋さんにはなかった。森屋さんにしてみれば、怪物のような老人だった。

何度か、祖父の書庫を訪れたことがある。森屋さんが物心つく頃には、祖父の病状は決してよくはなく、背中を丸めて、読み終えた本の終わりに、一心不乱になにかを書き込んでいる印象が強かった。

その背中を見ながら、じいさんは本の怪物だと思った。おそろしさだけが、記憶の中でも鮮明だ。

そして老いていびつな身体の祖父は、人生の終わりに自分の脳にメスを入れた。

言っても詮がないこととわかってはいたが、時折、思わずにはいられなくなる。たとえば仕事先で、自慢げに「読書が趣味です」なんて言う相手と出会った時などに。

本なんてなかったならば、森屋さんの人生観ももっと別のものだったかもしれないし、まったく別の人生を歩んでいたに違いない。そういった意味では、森屋さんは本を憎んでいた。

多分、今回のことがなければ、祖父の本が、あれからどうなっていたかなんて、調べることも、訪ねることもなかっただろう。

新郷朗文庫、と書棚には書いてあった。こんな風に、祖父の本が一カ所に大切に保管され、文庫として名付けられているとは思っていなかった。中古品に価値があるというのだろうか。否、価値のないものを価値があるように見せかけて利益を出すのは、詐欺師の常套《じょうとう》だ。やっぱりあの図書館は詐欺師の館だと森屋さんは思う。

あの建物の中には、山のように、本があった。

もしも、新郷朗が生きていたとしたら。あの建物を見たら、一体どんな顔をしただろう

……？

そこまで考え、森屋さんは眼鏡を取ると、深く息をつきながらうなだれた。

列車には夏の夕焼けが差し込み。

空が、燃えているようだった。

近代的な、オフィスビルの中だった。端末を前にして、森屋さんは吐き捨てた。

「知りませんね。都市《シティ》部の連中の泣き落としにかまっていたら、進む仕事も進まないと言っているでしょう」

そのまま向こうの声を耳にいれることを放棄して、端末の接続を切る。「ずいぶんご立腹だな。またトラブルか」とやはりスーツを着た同僚がコーヒー飲料の缶を置いていった。せっかくの厚意ではあったが、森屋さんは隈《くま》の浮いた目で睨み付けた。

「カフェインをくれ」

「喫茶店まで出る余裕があるならつきあってやるよ」

森屋さんのオフィスでは、ずいぶん前からカフェイン飲料の摂取を禁止されている。理由は、健康に差し障るため。「くそくらえ」と森屋さんは、いつものように軽い形状記憶素材の眼鏡の下の目を押さえる。

健康に差し障るなどという言葉は、週に三回も徹夜の仕事をさせる企業が口にしていいものではないだろう。

森屋さんの仕事は通信のサーバー屋でありワクチン屋だ。自治体ごとに寸断されてしまったネットワークを修復し無尽蔵に湧き出るウィルスを駆除して回っている。

公共サーバーの復旧が難しい現状では後手にまわる応急処置だ。

給料も高いが、労基なんてものは存在しない。植民地の奴隷《どれい》のように働かされている。

しかも、一週間ほど前から壮絶な通信障害が見つかり、森屋さんだけでなく、フロアの人間全員が風呂と着替えに帰るだけの生活だった。机の下で寝ることにももう慣れた。

ディスプレイに表示された、日付と時間を横目で見る。

ネットワークはすでにライフラインである。人の命を預かるような重い仕事だという自覚は森屋さんにもある。けれど、やり甲斐だけで食ってはいけない。いつか身体を壊すであろうことも厭《いと》わず続けているのは、やはり働いた分だけひとよりも多く金が入るからに他ならない。

特に使う場所があるわけでもないから、貯蓄の残高は桁《けた》の数だけが着々と増えていく。そういうのはむなしくはないかと同僚に聞かれて、なんでだ？　と聞き返したのはいつのことだったか。

数字は裏切らないし、たとえば老いた時に、なにより自分の助けになってくれるものじゃないか。女や子供なんかよりも、ずっと信頼できる。

だから不満はないはずだが、ここ数日はろくに家にも帰れていない。

端末が振動する。仕事相手の表示を見ながら、たまには静かなものを相手にしたいと思った。光ったり、音声を出したり、表示があったり、震えたり、そういう騒々しさのないものを。ため息をひとつつき、森屋さんは立ちあがると、近くに立っていた同僚の胸に端末を押しつけた。

「帰る」

「いいのか」

長いつきあいの同僚が問い返す。すでにタイムカードの概念もない職場だ。止められはしなかったことが、逆に森屋さんを引き留めた。

「……風呂に入って、戻る」

その言葉に同僚は「おつかれ」と肩を叩いた。自分が疲れているのだから、相手もお疲れのはずだった。端末を預かってもらえた分のいたわりを、ありがたいと思っていたのもつかの間。

「森屋」

ネクタイを緩めながら、オフィスを出ようとした森屋さんの背中に、声がかかる。

「こないだ言ったこと、考えておけよ」

森屋さんは振り返らずに手を振って、空調の効きすぎるオフィスから出ていく。

エレベーターでゆっくりと降りながら、思い返すのはしばらく前の、同僚からの誘いだった。

独立して会社を興さないかと言われたのは、しばらく前のこと。このままでは自分達技術者は身体の方が先にやられると、同僚は言った。独立し、会社を興し、新しいネットワークシステムの構築に着手しないかと言われた。

いつまでも、過去のものの手直しだけをしていても、未来がないだろう?

俺達のこれまでのノウハウがあれば出来るはずだと同僚は言った。過去の復元ではない。世界に市場を広げ、まったく新しい、ネットワークを。

明け方のオフィスだった。森屋さんは仮眠の枕にしていた腕をどけて、眼鏡をかけながら『資本金と損益の見通しは?』と短い言葉で尋ね返した。

『また金か』

同僚がそんな風に、ため息をついたことを覚えている。

『あの世にゃ持っていけないもんだぞ』

残したところで、むなしいだけだと同僚は言った。

眠い目を押さえながら、森屋さんは心の中だけで、問い返す。

残して意味があるものって、なんだ?

死んだあとのことなど知ったことか。今だ、少なくとも今。

『けど、あるに越したことはないだろう』

今、惨めにはならないから。

森屋さんはマンションの部屋に戻り、空調をいれながら、ネクタイをはずし、机に腰をおろす。

冷房の効き切らない部屋で端末を立ち上げ直しながら森屋さんは、やはり独立の話は断ろうと結論を出した。

端末の立ちあがりを待つ間、ふと目に留まったのはデスクのそばに置いた、五冊の本だった。本を借りて、一週間余り。どこかで時間をつくって読むはずだったが、ろくにページを開くこともなくここまで来てしまった。家にも帰れていないのだから、しょうがない。こんな高価なものを持ち歩いて奇異の目で見られるほど、森屋さんも馬鹿ではないし。

出来るだけ早く、そして他の本についてもと思っていたが、今週末までまとまった時間がとれないだろう。仕方がないので、貸し出しの延長を申請するために、端末をプライベートモードに切り替えた。

貸し出し図書の延長処理はホームページ上から出来るはずだった。認証が通り、貸し出し状況の画面になる。

そして、手続きをしようとして、赤字の表示に気づいた。森屋さんの借りている図書のリスト、そこに『予約図書』の文字。選択してみると、『他の利用者から予約が入っています。貸し出しの延長は出来ません』というポップアップ。

「…………」

どん、と森屋さんが、机を叩いたので、そこに載った端末が震えた。

脳裏に浮かんだのは、水色のオーバーオールと舌を出す顔だ。

(あの、お節介女)

絶対あいつだと、森屋さんは直感で決めつけた。そうじゃなければこんなタイミングで、こんな図書に予約がされるとは思えない。無下にして置いていったから、予約をいれていったのだろう。おかげで、本は必ず返さなければならなくなった。サエズリ図書館では郵便事故等を考慮して、郵送での返却は認められていない。一瞬、延滞をしてしまおうかと森屋さんは考える。

（返さなけりゃ、いいんじゃないか？）

本を取り上げ、睨み付ける。

さえずり町へは、ここから列車で片道二時間以上かかる。金銭のやりとりはないのだから、上緒さんへの嫌がらせにはなるだろうと思うが、今度は年若い図書館代表者であるワルツさんの、やわらかな笑顔を思い出した。彼女の笑顔は優しげであったが、肩書きはいかつい。特別保護司書官は、図書の位置情報にアクセスしてくる可能性がある。当然の権利としてカード発行の際に電子署名も行っているが、住所ではなく位置情報として他人に居場所を把握されるのは楽しいことではない。

そもそも、座標軸まで把握する位置情報なんて、今の時代にそぐわないと、通信システムに馴染《なじ》み深い森屋さんは心の中でなじった。

それらは端末の処理能力に依存し、よほど性能のいい媒体を使わなければ、処理にも扱いにも不自由なだけだ。しかも、あの図書館にはワルツさんひとりだけが、位置情報へのアクセス権を持っているのだという。

まったく、これだから。

書痴の考えることはわからないのだ。

森屋さんが手に取った本を机に置き、肘《ひじ》をついてページをめくる。祖父が買った時にも、すでに年代物であったのだろう。紙は少しだけ陽に焼けていたが、それが逆に目にやわらかくなっていた。変質するものになにかを書き記すなんて、情報の伝達にはふさわしくないと森屋さんは心底思う。

書き記されているのは万葉集の短歌と、その解釈。読んでいけば、終わるのだろう。けれど、森屋さんが読みときたいのは「これ」ではないのだった。

特に変哲のない奥付のページを開き、そこを睨むと。しばらく黙する。

この本で、必要なのは、このページだけだった。

空調と端末の低いうなりだけが聞こえるひとりの部屋で、森屋さんは、唾《つば》を飲み込む。握り込んだ手のひらに汗がにじみ、それを暑さのせいに、してしまいたかった。

自分が欲しいのは、本ではない。

こんなものには、価値がない。

机の引き出しから、取り出したのはカッターナイフ。自分はもう子供ではないし、ひとりで立ち、ひとりで稼ぎ、ひとりで刃も持てるのだろう。この手に持った刃で果たす、これは復讐なのだろうか。そうだとしたら、一体誰に？　ほんの一瞬、森屋さんの心を罪悪感がかすめたが。

それを塗り替えるように、よぎったのは、本を読む、老いた背中。

『お義父《とう》さんは、家族のことをなんだと思ってるんです……！』

声をおさえて、喧嘩《けんか》する両親と。

無力で惨めだった、小さな自分。

鈍く光る刃が、紙に、食い込む。


森屋さんが図書館に到着したのは、土曜の夕方だった。本を返却する時には少しばかり緊張したが、図書館職員は事務的な返礼以外なにも言わなかった。図書館司書と会うこともなかったし、今日はうるさいお節介女も来てはいないようだった。

さっさと本を探して、借りて帰ろう。朦朧《もうろう》とした頭で森屋さんは思う。

同僚に頼み込んで、なんとか時間をつくってきたが、徹夜明けだった。列車の中では寝てきたが、書庫に入って眼鏡をかけかえただけでくらりと目眩がした。そもそも、森屋さんの近視の眼鏡と、この老眼鏡では度が合っていないのだ。それでも無理をおして一冊一冊、奥付を重点的に確かめていったが、どうにも眠く、森屋さんは昇降台に座ったまま、重いまぶたをおろした。

眠くて当たり前だ。電子データならともかく、最初から、本なんて、好きでもなんでもないのだ。

好きじゃない。大嫌いだ、こんなもの。

本も、本が好きだった、祖父も。

泥水を煮詰めたような眠気に沈んでいくと、まるで死んでいくようだなと頭の隅で、考える。

突然、水面から浮上するような感覚。急激な目覚めは、息の仕方を忘れるほどだった。目を覚ました時、いつもの会社の机かと思った。けれど、視界に入った絨毯の赤さに、違う、と森屋さんが思う。

そうだ、ここは、図書館。

そこまで思って、急に意識がはっきりとする。

すぐそばに、人の気配。誰がいるのか、すぐにわからなかったのは、相手のことをよく知らないというのもあるし、また、眼鏡をかけていないせいだった。

(かけてない?)

「おい」

立ちあがった森屋さんは、目の前に立っている相手に寝起きの低くかすれた声で言った。

「返せ」

そこにいたのは、オーバーオールではない。シンプルなシャツに、タイトスカートを穿《は》いた、上緒さんだった。

上緒さんは前に会った時と同じ薄い化粧で、髪をひとつにくくり、森屋さんが返したばかりの本を胸に抱いて、森屋さんを親の敵《かたき》のように睨み付けていた。

そしてその手には、森屋さんの……黒い、老眼鏡があった。盗られたのだ、と思った瞬間、森屋さんの頭に血が上った。けれどそれ以上に上緒さんは、冷たく、怒っているようだった。

「返して欲しかったら」

ぱらりと上緒さんが、手に持った本の一冊をめくる。その裏表紙を。森屋さんは、心の中だけで、大きく舌打ちをした。

その音を聞いたわけでもないだろうに、上緒さんは確信を持って、言う。

「奥付のページ、返して下さい」

森屋さんは内心をさとられないように視線をそらし、浅く呆れたようなため息をつきながら言った。

「なんのことだ」

「この本」

そう言いながら、上緒さんの震える指が、本ののどを、いたわるようになでた。一見してそうとわからないように、切ったつもりだったが。

「切り取ったでしょう」

森屋さんが、肩をすくめる。

「気づかなかったな。最初からなかったんじゃないか」

「あったはずです。この本だけ、同じ本がもう一冊ありましたから。間違いありません」

森屋さんは大きく舌打ちをした。無意識に出たものだったが、それは上緒さんの言葉を認めたからではなかった。同じ本が、もう一冊あるという言葉に、それを鬼の首を取ったような顔でつきつけてくる相手に、ひどく不愉快な思いを抱いた。

(なにも知らないくせに)

どうして、その本は、同じ物がもう一冊あるのか。なにも知らないくせに、よく、言える。

『わしの本に触るな!』

厳しい声が、記憶を叩く。

触るなという、あんたは、何冊同じ本を買ってきた?

読んだことさえ、覚えられないくせに。

暗い気持ちを押し殺しながら、嘲るように森屋さんは言う。

「……それで、なんで俺が盗ったと言えるんだ」

「だって、奥付ばかり見てたじゃないですか!」

本なんて全然読んでなかった! すごく嫌な顔で、気むずかしい顔で、奥付だけ見て、戻して、そんな人が、奥付のない本を借りていくなんて思えない!

子供のようにわめく上緒さんに、森屋さんは軽く肩をすくめた。証拠がない。そう言おうとした、瞬間だった。

「ワルツさんに言います」

白い顔に目だけを充血させて、上緒さんが言う。

「もう二度と、ここの本を、借りられなくしてやる」

「……馬鹿馬鹿しい」

まるで虎の威を借る狐だと森屋さんはため息をつく。

「俺の方が、あんたを窃盗罪だと訴えてもいいんだ」

それとも、ここで組み伏せて、取り上げたっていい。正当な理由があると森屋さんは思っていた。けれど、上緒さんはすでに激高《げっこう》しているらしかった。図書館だということも忘れて、涙を浮かべて、甲高く叫んだ。

「ワルツさんは、許しませんよ！　この図書館で、本のページを切り取れる奴が！　本を借りられるわけない！」

切られた本を抱きしめ、上緒さんが叫んだ。

「この本はワルツさんの本なんだから！」

その瞬間、森屋さんの血が、煮えて。

「違う！」

傍《かたわ》らの本棚を拳が強く叩き、きしませた。突然の暴力に、上緒さんが肩を揺らす。けれどなにかを言う前に、割って入る、透明な声があった。

「お二方とも」

涼やかで、やわらかな、優しい声だった。

「図書館では、お静かに願います」

その声に、上緒さんは振り返ったが、森屋さんは振り返らなかった。

「ワルツさん……」

呟きが、上緒さんの口から漏れる。

「上緒さん、確か先々週も、書庫で騒いでいらっしゃったでしょう？　だめですよ、他のお客さまの、迷惑になってしまいます」

小さな子供をいさめるように、ワルツさんが上緒さんに語りかける。

上緒さんはと言えば、怒りをぶつける先に迷うように「あの」と何度も言葉を詰まらせた。そうして、ワルツさんが伸ばした手に吸い寄せられるように、ページが切り取られた、本を開いて、渡す。

「あらあら」

ワルツさんは、やはりやわらかな調子で、上緒さんと同じように本ののどをゆっくりとなぞり。

「森屋さん」

と、顔をそむけたままの森屋さんに声をかけた。答えを待たず、糾弾するでもなく、問い詰めるでもなく。まるで、お気に入りの本を尋ねるような、手軽さで。

「おじいさまの歌は、いかがでしたか？」

そう、言うものだから。ゆっくりと、森屋さんが、顔を上げる。にこりと、ワルツさんが森屋さんに微笑みかけた。

「本をお探しですね？」

目を赤くした上緒さんの背を、ぽんぽんと優しく叩いて。押しつけがましい口調でも、わざとらしい口調でもなく、ワルツさんが言った。

「よければ、お手伝いいたしますよ」

「……あんたは」

どこまでわかっているのかと、そんな問いだったけれど。

ワルツさんの答えは明瞭《めいりょう》で、なんの躊躇いもなかった。

「わたしは、この図書館の特別保護司書官。あなたを待つ、あなたのための本を、この書架の中から探し出し、お届けすることがわたしの仕事です」

本をお探しでしたら、お手伝いをしますよと、もう一度穏やかに言って。それから笑みに、形容しがたい切なさを浮かべて。あくまでも優しく、懇願した。

「だから、本を、切るような真似は、どうかやめていただけますか？」

どこまでわかっているのかと、考えたけれど。

もしかしたら、どこまでもわかっているのかもしれないと、観念するように、森屋さんは思った。


森屋さんのもとに一通のメールが届いたのは、森屋さんがはじめてサエズリ図書館を訪れる一ヶ月ほど前のことだった。

『森屋新郷朗先生のご遺族の方へ』

そんなタイトルのメールは、とある電子出版社から寄越《よこ》された。両親ではなく森屋さんのところに届いたのは、仕事をすでに引退している父親よりも、通信システムの会社につとめている森屋さんの方がつかまりやすかったからだった。事実、会社のメールアドレスにきたのだった。メールは丁寧に突然の非礼を詫び、それからある提案が書かれていた。

生前森屋さんの祖父が趣味として詠んでいた短歌が、とある歌会を通じてコンクールに出品され、首席をとったというようなものだ。森屋さんには寝耳に水だったが、それ以上に驚いたのが、そのコンクールが懸賞付きのものだったことだ。

思わぬ額が遺族である森屋さんのもとに流れ込んでくることになった。また、歌会を行っていた企業の出資も兼ねて、新郷朗の歌が残っているのならば買い取りたいとまで言ってきたのだ。

信じられないと思ったが、新郷朗の名前が大々的に発表され、出版社の人間にも直接会って、悪くない話だと森屋さんは思った。

悪くないどころか、残った祖父の歌を売ることは正当なことではないかとさえ森屋さんは思ったのだった。

本に心奪われていた彼は結局、ある手術を受けるために、その蔵書をすべて研究者であり医師であった割津義昭に引き渡したので、遺産をほとんど残さなかった。苦労と借金ばかりを残した、彼の、唯一の遺産だと森屋さんは思った。

しかし、どれほど新郷朗の生前の端末を漁っても、新郷朗のつくった短歌は出てこなかった。出てきたのはほんの数首、サークルの友人達に送ったメールのみだった。彼らに連絡をとり、森屋さんが尋ねれば、驚いたことに、新郷朗が歌をつくる時は手書きであったと教えられたのだ。

前時代的だとは思ったが、データとして残っていないのも道理だった。そして森屋さんは思い出した。小さな頃から、おかしいと思っていた、祖父の、あの行為を。

新郷朗文庫を取り出しながら、森屋さんは言った。

「祖父は、読み終わった本に雑感や読了日を書き込む癖があったんです」

「本に⁉」

頓狂《とんきょう》な声を上げたのは上緒さんだった。信じられないのも無理はなかった。いかに、自分のものとはいえ、高価な本にものを書き込むと考える人は少ないだろう。

「で、でも、ここにある本、書き込みなんて、なかったですよ？」

ほら、その本も！　と上緒さんが森屋さんの手の中にある一冊をさした。森屋さんは奥付のページを開いていた。

「見えないだけだ」

と森屋さんは言う。諦《あきら》めたように、投げやりで、棘《とげ》のない口調になった。

それから、顎で、未だ上緒さんの手の中にある、黒縁の無骨な老眼鏡をさした。

「それを、かけて見てみればいい」

言われるままに上緒さんが眼鏡をかけて本に目を落とすと「え！」とまた声を上げ、かけては見て、はずしては見て、そのたび「え、え」と声を上げ、最後に呆然としたように、

「……文字が」

と呟いた。それからぱっと隣のワルツさんに向き直り。

「見て下さいワルツさん、文字が！」

と眼鏡を渡す。小さな顔に眼鏡をかけたワルツさんは、目を細めて言った。

「クオンタムマーカーね」

ワルツさんの呟きは的を射ていたから、森屋さんは頷くことでそれに応える。わかっていないのは上緒さんだった。

「なんですか、これ。どうなってるんですか？」

興奮して早口で尋ねる上緒さんに、ワルツさんは「量子配列は、わかる？」と逆に尋ね返した。「ええと」と、上緒さんが誤魔化《ごまか》すように笑う。

「物理は、苦手で」

「今日び、理科の時間にも習うことだろう」

森屋さんがざっくりと傷をえぐることを言う。上緒さんは「うう」と唇を曲げてうなり声を出す。ワルツさんは「わたしも、きちんと習ったことはないけれど」と笑って言う。

「量子は物質を構成する最小単位で、分子構造に影響が出ない部分の量子配列を、局所的に反転させるような動作をさせて図形を描くペンがクオンタムマーカー。もちろん、反転された量子配列は、人間の目でとらえられるレベルのものじゃない。けれど、その反転を検出する特殊な眼鏡をかけることで認知出来るの。今は産業用に使われるのがほとんどだけれど、かつては研究者の間に、個人用のクオンタムマーカーと、それを見るための専用の眼鏡があった」

わたしも昔使ったことがあるわ、とワルツさんが言うので、きっと医者である父親の持ち物だったのだろうと、森屋さんは思う。クオンタムマーカーは、手術などの医療行為にもよくもちいられていた。

「つまり、この眼鏡でないと見えない、魔法のペンってこと」

こんな風にね、と眼鏡をかけたワルツさんが本の奥付部分の紙をなぞりながら言う。そこには森屋さんにはなにも見えない。けれど、ワルツさんには読了日と文字が見えるのだろう。無骨な黒い眼鏡も、ワルツさんには不思議とよく似合うようだった。

「俺は、祖父の癖を覚えていた。それから、彼の本がここに所蔵されていることも」

だからここには、それを見に来たんです。祖父の作品を回収しに。そう、森屋さんが言えば。

「なぁんだ」

と上緒さんが言った。小さく肩をすくめて、無責任に言う。

「それならそうと言えばよかったじゃないですか」

本当に頭のおめでたい人間だなと思ったけれど、言えばまた五月蝿そうだから、森屋さんは口をつぐんだ。けれど、続く「なんで言わなかったんですか?」の糾弾にはシンプルに答えてやることにした。

「金だよ」

自信を持って告げたつもりだったが、なぜか疲れたような呟きになってしまった。その響きを隠すように、森屋さんが早口で言葉をつなぐ。

「この本は、すでにこの図書館のものだ」

その事実は覆《くつがえ》しようがない。

「ここに書かれた祖父の文字の権利まで主張されたら面倒だろう?」

森屋さんの言葉に、上緒さんがなにかを言おうとするが、その暇を与えず。

「あなたのものだと思います」

眼鏡を取った、ワルツさんがはっきりと言った。

「本は、お渡し出来ませんが」

黒い眼鏡を、返しながら。森屋さんの目を見て。

「ここに書かれた文字と作品は、あなたのものだと、わたしは思います」

その言い方と、その目と、表情も、なにもかも。誠実そのものだったから、森屋さんは居心地の悪さに目をそらした。祖父の眼鏡を受け取って、それをかけずに眺めながら目を細める。

「それに、書き込みがあれば、資料的価値は絶対に下がる」

この書き込みのことが、図書館側にばれたとして。

「査定が変わっても、差額金を払うことは出来ないと、思ったんですよ」

「差額金？」

上緒さんは首を傾げる。森屋さんは唇を曲げて皮肉げに笑うと、木の書棚を拳の背で叩いて言った。

「寄贈と言えば聞こえがいいが、俺のじいさんは生前、借金のかたに、ここの図書館に、蔵書を取られてるんだ」

「えっ」

上緒さんが眉を上げて声を上げる。

「その言い方には語弊《ごへい》があります」

すかさずワルツさんから抗議の声が上がるが、その声はやわらかなもので、眉尻を下げた表情は苦笑にも似ていた。

「ですが確かに、わたしの父は、高額な手術代を、患者さんの蔵書で支払っていただいたことが度々あった……それは、事実です」

それこそが、サエズリ図書館、延《ひ》いては創設者である割津義昭が大量の『紙の書籍』を手に入れられた秘密でもあった。

「手術代……？」

「はい」とワルツさんが頷く。

「わたしの父は、脳外科医であり、生体コンピューターの研究者でした」

記憶回路《ネオメモリ》移植にこの人ありといわれた、通称ワルツ教授《プロフェッサーワルツ》。それが、この図書館の創設者である割津義昭だった。

「俺のじいさんは、あんたの父親の手術を受けて、脳を改造した」

それが、蔵書を手放すほどの価値があるものだったのか。それは、森屋さんにもわからない。けれど、記憶回路《ネオメモリ》は人工脳と同じ役割を果たし、彼の症状は改善された。

「もっとも、それからそう長くは生きられなかったけどな」

病院に入ってからも、見舞いに行くことはそうそうなかった。森屋さんにとって、祖父の記憶は、苦く、恨みに満ちたものでしかない。

手術損だ、とは、思ったけれど、言わなかった。言わなかったけれど、思わなかったわけではないから、結局のところ自分は非道なのだろうと森屋さんは思っている。

まるで、そのまま死ねば、彼の蔵書はすべて遺産として受け継ぐことが出来たと言っているようだった。自分でさえそう思うのだから、聞く側がそう思ったとしても仕方がないことだろう。

だが上緒さんは、えーとつまり、と首を傾げて。

「森屋さんはずいぶんお金に汚いんですね」

とまとめた時には、この小娘。やっぱりさっき殴ってやればよかったと、森屋さんは心の底から思った。

金に綺麗に生きられるなら、勝手にしろ。

ただし自分の見ていないところで生きて欲しい。

森屋さんが人でも殺しそうな顔をしていたからだろう。まあまあとワルツさんが二人をなだめるように言って、みっしりと本が詰まった本棚を見上げた。

「確かにわたしの父は、金の代わりに本で払えというような、変わり者でした」

ワルツさんの視線は、慈《いつく》しむようだったし、過ぎていった日々を懐かしむようでもあった。

「でも、それは厳密に、本の価格を査定して換金したという意味ではない、とわたしは思っています」

勝手な、想像に過ぎませんが、とワルツさんは言う。彼女の父が、どんな風に本の価値を決めてやりとりをしていたのか。死んでしまった今となっては、ワルツさんには確かめるすべがないのだろう。

ワルツさんは背表紙をなぞり、一冊一冊の重量を確かめるようにして、その文字に触れた。量子の配列ではなく、インクと版の、印字を。

「本の価値を決めるのはなんだと思いますか？」

唐突に、ワルツさんが問いかける。それは森屋さんに対してだったのか、それとも上緒さんに対してだったのか。けれど答えを待たずに、

「物質としての価値。書かれている内容に、希少価値だってあるでしょう。それから、由来もまたひとつの価値である、とわたしは思います。誰が書いたのか。そして、誰が、持っていたのかという由来です」

古い本ならなおさらのこと。誰かの手に渡って、そうして下がる価値もあれば、上がる価値もあるのではないか。

ワルツさんが森屋さんを振り返り、微笑んで、言った。

「この度のご受賞、おめでとうございます。新郷朗さんの短歌、見せていただきましたよ」

言われて森屋さんはなにか得心をした。ＤＢ《データベース》で調べたのだろう。それにしては、詳細に、的確に、理解されすぎているという気もしたが。

「わたしは文学に、それほど素養がありませんが……とっても素敵でした。そんな方の蔵書を、所蔵できること。わたしはとても、誇らしいと思います」

森屋さんは、お怒りになるかもしれませんけれど、と小さく付け加えた。

どうだろうなと、黙ったまま、顔色もかえずに森屋さんは思う。

自分は腹を立てているのだろうか。

それとも。

……祖父の歌を認められて、嬉しいと思う気持ちが少しでも、あるんだろうか。

その時、跳ねるように上緒さんが、一歩踏み出して、言った。

「じゃあ、探しましょうよ」

え、と森屋さんが尋ね返す。

上緒さんが笑い、言う。

「探しましょう?　おじいさんの短歌。ここにある本は、ワルツさんのものですけど、書いてある歌は、森屋さんのものなんでしょう」

それにしても、と眉をひそめて上緒さんが言った。

「どうして、本を切り取るような真似をしたんです？　そんなに、ひとりじめしたかったんですか？」

「そんな感傷じゃない」

森屋さんは即答したが、言葉を続けることに躊躇った。理数系の分野には敵なしの森屋さんだったので、少々、恥ずかしかったのだった。けれど一冊、今日借りる予定だった、特に書き込みの多い本を手に取ると、上緒さんに眼鏡と一緒に押しつけた。読んでみろ、と。

上緒さんが素直に眼鏡をかけて見ると。何度か眼鏡をかけたまま、段々と頭を傾げて。

「あー……」

得心した、というように大きく頷いて。

「字が、きたな」

「達筆すぎて、読めなかったんだ」

失礼な上緒さんの言葉を遮《さえぎ》るように、森屋さんが低い声で言った。そのやりとりに、ワルツさんがくすくすと笑って。

「コトウ先生にも協力していただきましょう。習字が得意な先生、この図書館に通ってらっしゃるんですよ」

と、その時地下に流れはじめたのはクラシック音楽。それから、合成音声が、閉館を告げる声。

「あっ」

森屋さんがはっとして、腕時計を見て「まずい」と顔色を変えた。

「列車が」

失念していた。大失態だった。この時間ではもう、最終列車に間に合わないだろう。今日は会社に帰らなければならないのに。まずい、と思わず座り込んで頭を抱え込む。

すごくまずい。けど。

これから会社戻って。

新しいネットワークウィルスのワクチンを。

ハングアップしたサーバーの。

繰り返し、繰り返し、同じこと。けど、それが。

金になるから。

なにも残らなくても。なにも生み出さなくても……。

むなしいな、と唐突に思った。その時だった。

「なんだ、乗り遅れちゃったんですか?」

ドジですねぇ、と上緒さんが、いやに癇に障る言い方で笑って。睨み付けようとしたら、覗き込みながら上緒さんが、

「送りましょうか」

と言った。

「は？」

と森屋さんが、聞き返す。大きく頷いて、上緒さんは言った。

「車で」

ちゃり、とポケットから出したキーストラップを、指でくるりと回して上緒さんは言った。

「……ここからだと、片道二時間はかかるぞ」

「土曜日ですもん」

たまにはドライブもいいですよ、と上緒さんが平気な顔で言うので。森屋さんは呆れ果てながら、立ちあがった。

（本当に）

お節介で、お人好しな女なんだなと、思いながら。「では、そちらの本は貸し出しですね」とワルツさんが二人を導き、貸し出し処理をしてくれた。暗くなった外まで見送って、最後にワルツさんは、

「上緒さん」

と上緒さんを呼び止めて。優しく微笑むと、やわらかな声で、言った。

「わたしの代わりに、怒ってくれてありがとう」

その言葉に、はっとしたのは森屋さんの方だった。上緒さんも、森屋さんを見上げたので、森屋さんは荷物を持ち直し。

「……ワルツさん」

深々と、頭を下げて、言った。

「すみませんでした。……本のページ、必ず、返しに来ます」

許されるまで、頭を上げないつもりだったが。耳に届いたのは、くすり、という小さな笑い声。それに顔を上げれば、細い指を、銃のような形にして。

茶目っ気を持って片目をつむって、ワルツさんが言った。

「返さないなら、取り返しに行きますよ」

忘れないで下さいね。とワルツさんは言った。

「わたしはこの図書館の特別保護司書官。あなたがサエズリ図書館の本を持つ限り、地の果てであっても追い続けます」

そうして銃の形を、くるりと自分の、こめかみにあてて。

「この図書館の本は、すべて。わたしのものなんですから」

その言葉に、森屋さんはわずかに、はっと気づいて目を見開いたが。

上緒さんに促され、車に、乗り込む。

ブルーの車が、動き出す。

小さな音で、カーラジオが鳴っていた。上緒さんは、森屋さんに聞いた住所を端末に入力すると。

「寝ててもいいですよ」

と不用心が過ぎるようなことを言った。

「疲れてるんでしょう?」

「……疲れてない、社会人なんていないだろ」

狭い車内で居心地が悪そうに身じろぎをして、可愛くないことを森屋さんは言った。上緒さんは笑って「そうかもしれませんね」と答えた。

それから、上緒さんと森屋さんは、短い言葉をいくつも交わした。上緒さんが尋ねて、森屋さんが答えて。

たまに森屋さんの方から、自分のことを話したりもした。

上緒さんは、特に森屋さんの仕事の話をひとしきり聞くと。

「そっかぁ」と軽い調子で、言った。

「ひとりで、頑張ってきたんですね」

前を見ながら、それこそ、まるで、明日の天気でも言うように。

「偉いですね」

その言葉に、森屋さんは半分くらい眠りながら。

「……ほんとに、」

とそこまで言ったが、それ以上は、言わなかった。お節介で、お人好しな女ではあるけれど。

まあ、悪い、わけではないだろう。泥ではない、なにか甘いような眠気に誘われながら、半分寝言のように、森屋さんは言っていた。

「じいさんは」

……俺の、じいさんは。

「なんで、本を、手放せたんだろうな」

あんなにも、好きだったのに。あんなにも、執着していたのに。本を失ってからの彼の生活は、決して満ち足りたものではなかっただろうに。森屋さんが、一番祖父のことを、恨んだのはもしかしたらそこだったのかもしれない。

自分達を、苦しめてまで。

手に入れたのに。

どうして手放したんだ。どうして。

ずっと好きなままで、いなかったんだ。

「馬鹿ですねぇ」

上緒さんの言葉は、やっぱり森屋さんの癇に障るものだったけれど。まるで、母親かなにかのように、優しかった。

「本より大切なものがあったから、手放したに決まってるじゃないですか」

それってなんだ?　と森屋さんは思ったけれど。

睡魔がゆっくりまぶたに毛布をかけてくるので。

それにあらがうことはなく。膝の上では、本の重さだけが、どこか、心地良い。

甘い色に光る地下の書斎で、ワルツさんが煙管《キセル》を吸っている。開いたままの、本の奥付は今はここにはない。

その切り口を、何度もなぞりながら、ワルツさんは煙管を吸っている。

彼女が煙管を吸うのは。

いつも決まって、昔のことを思い出す時だ。

この本に、そして蔵書に、特殊なマーカーを使った書き込みがあることは、実は、譲渡の時点で割津義昭には知らされていたことだった。

それを承知で、ワルツさんの父親は、本をすべて、譲り受けたのだ。

魔法のペンで、本に書き込むおじいさん。彼のことを、ワルツさんは、まだ覚えている。


真新しい図書館で、少女が本を読んでいる。長い髪を結ばず流したままにして。

老人がそこにやってきて、膝をついて尋ねるだろう。

『本が、好きかね』

問いかけに、少女は顔を上げるも、小さく首を傾げるだけだった。

首を傾げる、その動作に追従するように、ぱらりと、大きな本の紙が、しどけなく眠るように倒れる。

白いページ。躍る文字。

少女にとっては、それがあまりにすべてだった。

『おじいさんは?』

本が嫌いなの、と少女が問えば。老人は、かすかな声で答えた。

『大好きだったよ』

それはもう過去形だった。かたい、皺の深い、手が。少女の頭に伸びて。

『けれど、わたしには、お嬢ちゃんと同じくらいの、孫がいてね』

ゆっくりと、頭をなでた。

『このままでは、孫の名前を、忘れてしまうだろう』

他のなにを忘れても、それだけは、忘れられないと、彼は言った。そして、その記憶の代わりに、自分の本を、置いていくと。

『大切に、してくれるかい』

大切にするよと、指切りをして。

これから大きな手術を受け、自分の脳に、記憶回路《ネオメモリ》を埋め込まなくてはならない老人に。

安心して、と少女は言った。

他の患者に、これまでもそう言ってきたように。

『パパはね、とっても優秀なお医者さんだから』
きっと、大丈夫。そう言って、そして。小さな秘密を、教えてあげた。
『唯の頭にもね、機械をいれて、くれたのよ』
だから、大丈夫よと、少女は笑った。
真白い建物。
本と、それからパパだけが。
その時の少女の、すべてだった。

第三話　サエズリ図書館のモリヤさん
終

第四話　サエズリ図書館のワルツさん

ごとん、と列車が大きく揺れたので、ワルツさんの首が傾いて、自分が眠っていたのだと気づいた。時間にしてみれば、ほんのしばらくの間のこと。ぱちぱちと緩慢《かんまん》なまばたきをして、窓を見るも、外はすっかり暗く、星の灯りだけが流れていった。銀河鉄道の一節のようだと思いながら、ワルツさんは落ちかけていたショールを肩にかけ直して、腕の時計を確認した。細い針は深夜の三時をさしていた。もうしばらくすれば、空も白《しら》んでくるだろう。人の少ない臨時の夜行列車は車体をきしませながら夜を往《ゆ》く。

ワルツさんの乗っていた車両に、乗客はワルツさんを含めて五人だった。老夫婦が肩を寄せ合い眠っている。スーツを着たままのサラリーマンが、眠そうな顔で端末を操っている。バックパッカーのような青年が、二人がけの椅子で寝転び、寝息を立てている。ワルツさんはさえずり町を夕方に出て、この夜行列車に乗り込んだ。

ワルツさんのような若い女性は他にいなかった。

数十分後に次の乗り換えを控えて、寝直す気にもなれず、他にすることもないので、ワルツさんは鞄《かばん》から本を一冊、取り出してページをめくった。自室でも職場でもない場所で、本を開くことはまれだったから、なんだか目に映る文章も新鮮だった。

いつか再びこの本を読んだ時、わたしはこの夜行列車のことを思い出すのだろう。

そう、ワルツさんは感じた。

唐突に、ずいぶん遠くに来たような気持ちに、ワルツさんはなった。それは気持ちだけのものでもないのだった。遠出をするのはどれくらいぶりだろう。ワルツさんの育ての親も、好んで外へ出る人間ではなかった。本とコンピューター、そして自分の頭の中が遊び場で、長く彼はそれ以上のものを求めなかった、とは人づてに聞いた言葉だ。

ワルツさんにとっては、その生活圏だけで、十分に広大だった。

彼と、本。それが、すべて。

しばし過去の思い出が脳の奥を刺激するので、それを追い出すように、ワルツさんは指先で活字をなぞりながら、本を読み進めた。折しも本の中の場面は鉄道へとうつり、読書にはまったくもってこいのシチュエーションとなりそうだった。

列車の揺れはゆりかごのようであったし。

活字の海は、わたしにとって羊水のようだ、とワルツさんは思った。

『まず、活字という言葉がいい』

ふと、そんな言葉がワルツさんの脳裏をかすめて、はっとした。それから丁寧《ていねい》に、読みかけの本にしおりを挟む。その間も、脳裏をなぞる、言葉がある。

『そこには息づかいがある。証があるし、色もあるし、出来不出来もある。なにより人の心に刻まれるだけの感情がある』

ワルツさんは列車の窓枠に本を置いて、本の上に両手を、本には失礼にあたる行為だと承知で、枕にするように、手に挟んで耳をあてた。

本の声を聞くように。目を細める。

それはもう今や過ぎ去った思い出と、わかっていたけれど。

『わたしの子供の頃は、活字離れなんていうナンセンスな言葉が流行《はや》ったものだがね。わたしはその頃から提唱していたよ』

おおらかであるのに、本に関する話をする時だけは、少し気むずかしく喋《しゃべ》るのが癖だった。

そして他を寄せ付けない断定口調で、まだ小さかったワルツさんにさえ彼は言ったものだった。

『どれだけ世の中が進もうと。滅びようと』

その真剣な目と、強い意志が、ワルツさんは好きだった。

『人は、すでに、活字から離れられないだろう』

夜行列車。世界が進むのを横目に見ながら。もう戻れない過去の言葉を、何度も再生させながら。

ああ、煙管《キセル》を吸いたいな。そう、ワルツさんは思った。

あの人を、思い出す時だけ。吸う煙管を。

本を枕に。そうすると、列車の振動が、本の鼓動のよう。

わたしはもう、決して活字から離れられないのだと、不思議な覚悟でワルツさんは外を見ていた。

数日前、さえずり町の秋口のことだった。サエズリ図書館において、平日の午後は午前のそれと同じような穏やかさで粛々《しゆくしゆく》と進んでいく。そのはずだった。

突然その図書館に、ぱたぱたと大きな足音が響き渡った。全力疾走で二階の書架から駆け下りてきたのは他の誰でもない、サエズリ図書館代表であるワルツさんだった。

駆け下りてきたままの勢いで、階段の手すりを摑《つか》みぐるりと方向転換をしたワルツさんは、今度は事務室に駆け込んだ。

その慌ただしい様子に、カウンターに座っていたサトミさんが腰を上げた。アルバイトである若い女性にカウンターを任せ、有能な図書館職員であるサトミさんが、事務室に顔を出す。

サエズリ図書館の正規職員はおかっぱにした白髪《しらが》から、実年齢よりも老成して見られがちなサトミさんだけだった。その他は、パートとアルバイト、それからボランティアのスタッフで成り立っている。少しでも多くの人に、本と仕事をする機会をというのがワルツさんの方針であり、また、サトミさんが飛び抜けて有能であることも理由のひとつなのかもしれなかった。

そんなサトミさんが、生来の低い声で尋ねる。

「どうしたんですか」

「緊急事態！」

答えは叫びに近かった。サトミさんは、ワルツさんのそんな声をはじめて聞いた。端末に向かう横顔も真剣そのものだった。

やがて、ワルツさんの白い拳が、デスクを叩いた。どん、と重い音が、静かな音がサエズリ図書館の事務室に響いた。

「やられた」

かすれた声が、薄く口紅を塗ったワルツさんの唇《くちびる》から落ちた。

「……ワルツさん？」

普段は滅多《めった》に感情を表に出さないサトミさんも、心配そうにワルツさんに問いかける。顔を上げた時には、ワルツさんは幾分か立ち直ったようだったが、長い長いため息をついて、額を押さえながら言った。

「やられたわ。盗難よ」

その言葉に、サトミさんが眼鏡《めがね》の奥の眉《まゆ》を寄せた。

サエズリ図書館では基本的に金銭のやりとりがない。貴重品の置き引き等をのぞけば、盗られるようなものはひとつしかない。

「まさか」

ひとつしかないが、それは大量にある。大量にあるが、そう簡単には、持ち出せないようにシステムを組んであるはずだった。

なにかの間違いではないかとサトミさんは思うが、ワルツさんは立ちあがって言った。

「サトミさん、ここ一ヶ月の、書庫入出者のリストを出して。入場と出場のタイムスタンプも一緒に」

ため息はサトミさんにも伝染した。端末デスクの前に座りながら、サトミさんが言う。

「書庫の本なんですね」

「ええ」

椅子に手をついたワルツさんが頷《うなず》く。その横顔は、未だ険しい。サエズリ図書館の蔵書の中でも、特に書庫のものはすでに市場に流通していない。なくなっても、買い換えられるようなものではない。ましてワルツさんは、図書館の蔵書という概念にひとかどならぬ執着を持っている。代わりのものがあればいいわけではないのだ。

「どうやってゲートを通ったんでしょう」

書庫の入出者リストを打ち出しながら、サトミさんが呟《つぶや》く。図書館の蔵書にはすべて背表紙にチップが埋め込んである。それは表紙を剝がさなければ取り出せるものではないし、貸し出し処理をせずに図書館の敷地外に持ち出せば、特に書庫のものはそれだけで警告音が鳴る。けれど文明に頼るものには、常に盲点がある。

「遮断材を使ったんでしょうね」

チップはどうしても、電子信号のやりとりになる。それを遮断する材質で囲めば、ゲートをすり抜けて持ち出すことは可能だ。

サトミさんが、もとから気むずかしそうな顔をより厳しくする。

つまり、犯人は「盗ろうとして盗った」ということだった。

しかも、ワルツさんがすぐに動かず、書庫の入出者のリストを見ると言ったのだから。

「持ち出したのは今日じゃない？」

「違うと思うわ。どれくらい前かは、わからない」

「複数冊ですか」

いよいよ不安になってサトミさんが尋ねるが、「いえ」とワルツさんが答える。

「一冊よ」

では、金銭目的ではない、とサトミさんは思う。それはよい知らせとも言えたし、悪い知らせとも言えた。転売されて各地に散らばることはないが、盗んだ本に対し、なんらかの強い思い入れがあるのだろう。その場合、たとえ位置と犯人を確定させても、穏便に取り返すことは、容易ではないと想像がついた。

ワルツさんの様子から察するに、犯人はすでにこの地より遠くにあるのだろう。どこかの段階で、遮断材の外に本が出され、その瞬間、ワルツさんは警報を感知した。

この図書館で特別保護司書官はワルツさんだけだ。だから、サトミさんはその本がなにかも、今どこにあるのかもわからない。

「これですね」

打ち出したリストが、立体ディスプレイに流れる。それを目で追いながら、ワルツさんが言う。

「この中から、さえずり町の居住者をはずしてちょうだい。それから、現在貸し出しがある利用者もはずしていいわ」

遠方の、しかも貸し出し状況のないリストだけが残る。

「居住の住所を位置情報で」

地図を目で追い、ある一点で、立体ディスプレイに触れるワルツさんの指が止まる。

「……ん」

その利用者は遠方からサエズリ図書館へ来ている。まだ貸し出し履歴はなく、初回の書庫への入室は二時間ほど。それから何度か図書館へ通い、やはり書庫へ入っているが、最終履歴を見ると、入場から退場まで、ほんの五分もかかっていない表示だった。

「状況証拠は十分ね」

この人が持ち出したのでしょう、とワルツさんが淡々と言う。犯人が誰かということは一種の目星でしかない。本が人から人へと渡っている場合、ワルツさんが探すのは盗った人間ではなく盗られた本なのだから。それでも、有益な情報だ。

「……イヌヅカ、オン……覚えてませんね」

犬塚遠《イヌヅカオン》、という名前をサトミさんが読み上げる。写真情報は添付されていないが、年齢、職業、連絡先、それから。住所を見てサトミさんは少し眉をひそめた。

「どうされるんですか」

傍《かたわ》らの、娘ほどに若い上司を見上げて、サトミさんが尋ねる。

「もちろん」

ワルツさんは、自分の肘《ひじ》を片手でつかみ、片手を顎《あご》にあてたまま、毅然とした横顔のまま言った。

「取り返すわ」

相手が誰であれ、盗られたのがなんであれ。

ワルツさんがそう言うであろうことは、サトミさんはすでにわかっていたからこそ、心配そうに顔を曇《くも》らせた。


明け方というには、まだ暗い時間だった。ワルツさんは駅に降り立った。一日のうちでも一番気温が下がる時間である。

肌に触れるのは冷たさだったが、寒さに震えるほどではなかった。列車に乗って南下しているということもあるのかもしれない。

ここで、乗り換えの列車を数時間待たねばならない。その列車も、時間通り着くという確約はないものだから、灯りのついた待合室があることが救いだった。

駅員はいない。自販機もなかった。もとより、こんな時間だから期待はしていなかった。自動改札機は動いてはいるらしい。

DB《データベース》のリアルタイム検索で、この路線が一番はやく、そしてなにより安全なルートだと書かれていたが、鉄道は止まったり遅れたりすることの方が日常であるから、どこまで行けるかはわからなかった。

（わたしが、車に乗れたらよいのだけれど）

図書館常連である上緒《カミオ》さんの、はじけるようなブルーの車を思い出して、ワルツさんはため息をつく。まあ、見知らぬ土地をひとりで運転するというのも危険なことだ。

待合室の重いドアを開いて、中に入ると、人心地ついた。

ショールを膝《ひざ》にかけて、ワルツさんが本を読みはじめようとした時だった。人の気配と、ガラスの引き戸が動く音。ワルツさんは少しだけ緊張して、そちらを振り返る。

「おや」

入ってきたのは、ここまでの列車で同じ車両にいた老夫婦だった。ワルツさんが降りたあとに、同じ列車から降りてきたらしい。

「先客だ」

帽子をかぶった男性の方が、その帽子を少し浮かべて笑顔で会釈《えしゃく》をした。一瞬その仕草に気を取られたワルツさんも、すぐに笑顔をつくって軽く頭を下げる。

「貴方《あなた》、同じ列車に乗っていたでしょう」

と、あとから入ってきた女性が言う。今の今まで眠っていたからだろう。声は少しくぐもっている。

老夫婦は、二人がけのベンチに仲むつまじく座った。その様子が、幸せそうだとワルツさんは思った。

「わたし達、これから列車を乗り継いで、北海道まで帰るんですよ。いや、長旅になりそうです」

「それは、大変ですね」

とワルツさんは、心からいたわるように言った。

「貴方は、どちらまで行かれるんですか」

帽子の男性が尋ねてくる。ワルツさんは、わざと答えをぼかした。

「ちょっと、仕事で。もう少し東の方まで」

「……そうですか」

老夫婦は、それ以上深くは聞かなかった。隣で妻の方が、大きな欠伸《あくび》をする。「寝ていなさい」と男性の方が言う。

その様子を見て、ワルツさんが言う。

「あの、わたし、起きてますから」

夫婦が揃ってワルツさんを見た。ワルツさんは微笑《ほほえ》む。

「起きてますから、列車が来たら、起こしますよ。一時間ほどでしょう？　北に向かう列車でしたら」

「しかし」

申し訳ない、と表情に浮かべる老紳士に、ワルツさんはにっこりと笑って、膝の上に置いた、本を見せた。

「いいんです。これ、読んでますから」

半《なか》ばまぶたを伏せていた、老婦人の眉が上がる。

「あらあら」

身を乗り出して眺めて、老婦人が、笑う。

「お若いのに感心なことね」

ワルツさんはくすぐったいような気持ちになった。こんな風に手放しで褒められることに慣れていないのだ。本を読むことは、ワルツさんにとって当然のことだった。昔も今も、本に囲まれて育った、ワルツさんだったから。

「ありがとう、親切なお嬢さん」

老紳士がもう一度帽子を軽く持ち上げ、それから自分の目元を隠すように置き直した。

ワルツさんの視界がぼんやりと歪《ゆが》む。それが、記憶を呼び起こす脳の働きだとワルツさんはわかっていたから。ワルツさんは明け方の駅の待合室で、もういない人の幻を見た。

薄いコートを着て、その人はワルツさんの前に立った。

『はじめまして』

コートと同じ色の、帽子を軽く持ち上げて。

『はじめまして、わたしは、ワルツ、と言います』

その、懐かしい響きに。

涙がこぼれないように、思い出に持っていかれてしまわないように。ワルツさんは、慌てて本に、目を落とす。

通常、ワルツさんがサエズリ図書館を離れることはない。ほんの数時間ならともかく、数日、しかも図書館が開館している間に不在にすることなどあり得ない。なので、『しばらく館内業務のお休みをいただきます』と書かれた張り紙、そしてカードとウェブでの告知に、常連の利用者は目を留め声をかけてきた。

「ワルツさん、明日から休暇だって？」

閉館間際にやってきて、カウンターに片肘をついて、そう言ったのはサエズリ図書館常連の『先生』、古藤《コトウ》さんだった。

「ええ、しばらくいただこうと思って」

カウンターでにっこり笑ってワルツさんが言うと、駆け込んできた影が、話に割り込んでくる。

「ワルツさん、一週間もいないって、本当ですか⁉」

「おっ」

その勢いの良さに、古藤さんが身を反らす。スーツのままで、パンプスで走ってきたのは最近とみに図書館に通う回数が増えている、近所の上緒《カミオ》さんだった。

「一週間じゃないわ。数日よ」

「ええ……」

上緒さんは、眉をハの字にして言った。

「困りますよ。日曜日、森屋《モリヤ》さんが来るんですよ。あの人、ワルツさんがいなくて本が見つからなかったら、絶対私に当たるもの！」

上緒さんが名前を出したのは、ここしばらく二週間に一度、サエズリ図書館に通ってくる遠方の利用者だった。上緒さんとは仲が悪かったはずだが、上緒さんは律儀に駅まで送り迎えをしている。

それを、微笑ましいなと、ワルツさんも思っているので。

「それまでに帰ってこれたら、日曜日には出られるようにするから」

と上緒さんに約束した。

上緒さんは、その言葉にぱちくりとまばたきをして。

「帰って？　どこか行くんですか？」

と尋ねる。ワルツさんはあいまいに、やわらかく微笑んで、

「少し、遠くに」

と言葉を濁《にご》す。上緒さんは小さく首を傾《かし》げて。

「里帰りかなにかですか？」

と重ねて聞いた。その言葉に、ワルツさんは一瞬言葉を失ったけれど、すぐに指を一本立てて。

「ふふ。内緒よ」

と囁《ささや》いた。上緒さんが「えー」と不満を漏らす隣に、今度は古くからの常連である、岩波《イワナミ》さんがやってきて。

「ワルツさん」

貸し出しの本を出しながら、低い声で言った。

「遠くに行くなら、気をつけてな」

その言葉に、ワルツさんは深く頷く。

「はい」

貸し出し処理を行い、本を渡せば、岩波さんは皺《しわ》の刻まれた目元を細めて。

「図書館の仕事は心配しなさんな。あんたの本は、ここで、あんたを待っとるからな」

と言った。

「はい」

その通りだ、とワルツさんは思う。

ワルツさんの本はここにある。だから、どこまで行っても、ワルツさんはここに帰ってくるのだ。

列車の近づいてくる放送が待合室に響いた。ワルツさんが声をかけて起こすまでもなく、老紳士は目を覚ました。

「列車、来たようですね」

老紳士は目をこすりながら、待合室の時計を見上げて。

「時間通りだ。助かった」

これで、今日中には宿にたどりつくめどがつきそうです、と立ちあがりながら老紳士が言う。

老婦人も、手を借りながら続いた。

「お気をつけて」

袖《そで》振り合うも多生の縁だ。ワルツさんは読んでいた本にしおりを挟み、立ちあがって老夫婦を見送った。

「本が好きな、お嬢さん」

老紳士が振り返り、帽子を軽く上げ、言う。

「よい旅を」

名前も知らない、誰かだけれど。祈ることを、ワルツさんは知っている。

『よい読書を』

その言葉は、ワルツさんの知る彼が、いつも、端末に向けて言ってた台詞《せりふ》だった。遠くにいる、やはり好事家《こうずか》の友人知人が、新しい本に出会えるように。出会った本と、幸福な時間を過ごせるように。

祈る響きはいつも、優しさによく似ている。

「はい、よい旅を」

ワルツさんは、そう言い、見送り、祈りながら、また本のページをたぐるようにめくる。列車が来るまで。列車に乗ったあとも。本のページが、続く限り。


最後の挨拶《あいさつ》は、図書館の前だった。

そういうわけだから、とワルツさんは言った。

「しばらくの間、よろしくね」

旅の用意を詰めて、いつものパンプスからスニーカーにかえて、ワルツさんが、警備員であるタンゴくんにそう言うと、タンゴくんは、いつものように帽子を目深《まぶか》にかぶりながら、

「あの」

と、視線をそらしながら、ピアスの穴があいた口で。

「ワルツさん、都市部《シティ》に行くって」

本気ですか、とくぐもった声で言った。ワルツさんは毎朝、毎夕、顔を見れば声をかけるが、タンゴくんの方から話しかけてくることは滅多にないことだった。

「ええ、そうなの。仕事で」

とワルツさんは言葉を濁したが、タンゴくんは察したようだった。

「あの、本っスか」

数日前に、利用客に不審な様子はなかったかとタンゴくんはワルツさんに聞かれたのだ。そ

の時に、本を盗難されたのだと聞いて、タンゴくんは眉を寄せた。そして今ワルツさんがサエズリ図書館の外へと出ていこうとしているのだから、もちろん無関係だとは思わなかったのだろう。

「ええ。返してもらいに行くの」

と、ワルツさんは正直に答えた。

「警察には」

というタンゴくんの問いかけは、まっとうなものだった。けれど。ワルツさんは小さく首を傾げて。

「うーん」

しばらく考える間をもったけれど、迷っているわけでもないのだった。警察に任せるのが、正しいことなのだろう。なくなった本の文化的、資産的な価値ははっきりしている。行われたのは、窃盗という犯罪だ。でも。

「でも、この図書館の本は、わたしのものだから」

わたしが取り返さなくっちゃね、とワルツさんが答える。本が、どこにあるかということは、ワルツさんにしかわからないことである。

さぁせん、とタンゴくんが、顎を突き出すようにして、謝った。

「俺が」

言葉には詰まったが、それでもタンゴくんが責任を感じているのだと、ワルツさんにはわかった。タンゴくんは警備員だ。まだ若く、少しかたくなな容姿をしているが、それでも、仕事に対しては真面目《まじめ》なのだということを、ワルツさんはよく知っている。

「タンゴくんのせいだなんて思ってないわ。大丈夫よ」

取り戻してみせるから。そう、ワルツさんは自分の胸をとん、と叩いた。

「あの」

タンゴくんは、手袋をした腕をわずかに上げて、そしてまたおろして、俯《うつむ》いて、言った。

「……大丈夫、なんスか。ひとりで」

ぼそぼそと言う、それが、決して、心配性というわけではないことを、ワルツさんはわかっている。それでも、ワルツさんは、笑った。笑って、論点をすり替えるように、背の高いタンゴくんの肩を叩いて。

「留守は任せたわ、警備員さん」

この図書館のこと、よろしくね。守っていてね、とワルツさんは言う。

こたえはわかっていたから、聞かずに。荷物を両手で持ち上げて。ほんの少し、長いまつげを伏せてワルツさんは呟いた。

「強情なのかもしれないって、思ってるわ」

誰かに任せれば済むのかもしれない。ワルツさんは背後の図書館をのぞみながら思う。ここには何千、何万冊と本があるのだ。たった一冊、自分で取り戻しに行く必要なんてないのかもしれない。

「でも、だって、わたしのものよ。誰にだって貸してはあげるけど、一冊たりとて、誰にもあげないわよ」

帽子の下で、タンゴくんが目を細めた。まぶしそうに。それから、「ワルツさん」ともう一度、呼んだ。はい、とワルツさんが返事をする。やわらかな笑顔で。その笑顔に、タンゴくんは目をそらし「いや」と呟いた。

未だに、本が嫌いだという強情な図書館警備員は、けれど、もう、図書館のことは嫌いではないようで。

そんな彼が、肩をすくめて、言う。

「なんでも、ねぇわ」

「そ」

じゃぁあ、とショールを整え、ワルツさんが、歩き出す。最後にタンゴくんに、手を振って。

「いってきます」

タンゴくんは、手を振り返すことはなかったけれど。帽子を深く、かぶり直しながら。

「気をつけて」

短く、それだけを言った。

ワルツさんは、サエズリ図書館の門をくぐりながら、そう言われてばかりだなぁとしみじみ思う。

優しいひとは、繰り返す。

どうか、お願いだから、気をつけて。

このさえずり町の、外側に。遠く遠くに、行くのだから。


キイイイ、と耳障りな音を立てて、列車が急停車をした。

昼過ぎ、ワルツさんが前の乗り換え駅の店で買ったサンドイッチを食べ終わった頃だった。

おっと、とワルツさんが隣に置いた荷物が前にすべりださないように、受け止める。十分ほどの沈黙のあと、アナウンスが流れた。

前を行く列車の車両トラブルで、この路線が使えなくなってしまったこと。近くに迂回する路線はなく、次の駅までは行くが、それから動くのはどれくらいかかるかわからないということ。

少ない乗客からため息が漏れるが、不平不満を言う人間はいない。最初から、いつ止まるかわからない列車に乗っているのだから。

いいところまできた方だ、とワルツさんは思う。

見知らぬ土地の小さな駅に降りて、切符を精算すると、秋晴れの綺麗な空が広がっていて、悪くないなとワルツさんは思った。

どうせ、これ以上は、そう近くまでいけないのだ。いい天気だっただけ、僥倖《ぎょうこう》だろう。

建物は少なかった。左手をまっすぐいけば、住宅街があるようだったし、右手をまっすぐいけば、広い車道に出るようだった。ワルツさんは少し考えて、端末を開こうとし、けれど端末よりも自分の気まぐれを信じることにした。

DBに尋ねるのは、いつだって出来る。

車道をしばらく歩けば、道の駅があった。大きな売店と、広い駐車場。その駐車場から、ワルツさんはひとつひとつトラックを見ていき、一番装備が厳重な、大きなトラックの前で足を止めた。

「すみませぇん！」

ワルツさんが呼びかけると、業務用のトラックの運転席から、男が顔を出した。がたいはいいが、歯の抜けた老人だった。

「乗せていただけませんか？」

列車が、止まってしまって、とワルツさんは言った。

「どこまでだい！」

と、トラックの運転手は言った。やった、とワルツさんは思った。この人はきっと乗せてくれるだろうと、返事の手ごたえでわかったのだ。

ワルツさんは声を張り上げる。

「都市部まで！」

あぁ？　と、男が運転席から身を乗り出してきた。黒く丸いサングラスをかけて、歯の抜けた声で言った。

「嬢ちゃん！　ひとりか？」

心底驚いたように尋ねてくるので。

「はい！」

ワルツさんは、笑顔で答えた。重ねてトラック運転手は、不思議そうに顔を曲げた。

「ひとりで、都市部まで？」

「はい！」とワルツさんがもう一度。嘘はないし、誤魔化《ごまか》しもなかった。このトラックの重装備が、都市部への立ち入りを許された特殊車両であることは、ワルツさんの目にも明らかだった。都市部に入り込んでいる車両だからこそ、その運転手はワルツさんに呆れたように聞いたのだ。

「なんでまた」

問われてワルツさんが、ほがらかに答える。

「仕事です！」

運転手は、あっけにとられたような顔をしたが。

ばかん、と音を立てて、助手席のドアが開いた。大型のトラックであったため、昇降台が降りてくる。

鞄を肩に抱え直して、ワルツさんが乗り込む。その間に、運転手がぽいぽいと、助手席にあったものを後ろへと投げた。

「お世話になります」

言いながら、固い助手席に座る。新しい機械に重ねるように古い機械の詰まったそこからは、合皮と金属と、それから太陽のにおいがした。

「揺れるぞ」

舌を噛《か》むなよというのは冗談であったとしても、うっかりそうしてしまいそうなほど、がくんと大きく車体が揺れた。ワルツさんは慌てて助手席のドアの上部についた取っ手に摑まる。

「窓、開けてもいいですか？」

外を見ながらワルツさんが聞いたら、「おお」と運転席から答えが返る。

「変なにおいがしたら、閉めてくれ」

「はい」

窓ガラスを下ろすボタンを押すと、外の空気が入ってきた。海へと流れていく、広い川にかかる大きな橋を渡るので、身を乗り出した。車高があるので壮観だった。

「気持ちいいですね！」

その言葉に、運転手が問いかける。

「都市部には、よく行くんか」

「いえ」

たまに、です。とワルツさんは答える。

海に近づくにつれて、木の背丈が低くなっていった。防波堤は半分以上が崩れているので、海が荒れた時はここは通れなくなるのだとトラック運転手が言った。そうなれば、もっと街中を通らねばならず、時間がかかる。

今はもう廃棄された工場がいくつも、海から吹く風を受けて佇《たたず》んでいる。

道沿いは穏やかだが、この先はろくなところではないぞと、トラック運転手は渋い顔をして言った。

そうでしょうねぇと、口には出さずにワルツさんは思った。

「出来ればお嬢ちゃんみたいな、若いもんは行かない方がいいと思うが」

そんなに、若くはないですよとワルツさんは思うが、歯の抜けた運転手からすれば、自分は十分に若いだろう。

「でも、仕事ですし」

「仕事なら、ま、しゃあねぇわな」

と運転手は笑った。運転手はこうして、行きずりの人間を都市部まで乗せることには慣れているようだった。乗り合いは都市部に入るのにメジャーな方法だ。なぜなら、都市部には徒歩以外には車で乗り入れるしかないが、給油も簡単ではなく、車両は許可証がいるからだった。

これまで乗せてきた人々にしてきたのであろう問いを、運転手はワルツさんにも投げた。

「なんの仕事だ？」

「図書館をしています」

そこでがたん、と車が揺れたので、ワルツさんが慌てて頭上の取っ手につかまった。都市部が近づくにつれ、道路のアスファルトが割れてきているのだ。まだ揺れるぞと言いながらも、運転手は重ねて尋ねる。

「としょかん?」

ワルツさんは取っ手を握ったまま、鞄を抱え直して言った。

「本を、貸しているんです」

「学者さんか。先生か」

ふふ、とワルツさんは笑った。

「そんなんじゃ、ないですよ」

そう、ワルツさんのお父さんは、確かに学者さんであり、先生であったけれど。自分は違うと、ワルツさんは思っている。

ワルツさんに出来ることは、ひとつだけ。

「司書です」

学が浅いのだというトラック運転手さんは、ワルツさんの言葉に、肩をすくめるだけで聞き返さなかった。

ワルツさんも、語る言葉を多くは持たない。彼は命をかけて、都市部と自治区をトラックでつないでいるのだろう。そんな人に対して、本の素晴らしさを説くには、ワルツさんに言葉が足りなかった。

吹く風は、潮のにおいから、徐々に、油や金属が錆《さ》びるにおいにかわっていく。木々も、草へ。それから、むき出しの瓦礫《がれき》が増えてきた。強い風にあおられて、目の中に細かい粒子が侵入する。砂なのか、もっと別のなにかなのか。ワルツさんは眉を寄せると、ウィンドウを半分閉めた。

前を行く車も、まばらになり、道を歩く人も徐々に消えていく。

時折バラック小屋がたてられているが、電気は通ってはいないようだった。

二時間近く荒れた道を走って、大きくカーブをまわれば、いくつかの橋の向こうに、ワルツさんが目をこらす。

「見えた」

まず視界に入ったのは、倒れたビルだった。その根元には、びっしりと、積み上げられた瓦礫があった。

ドームと呼ばれる、それは都市部を囲む城壁だった。外界との接触をたつため、その瓦礫で、都市部とそれ以外はわかたれていた。ドームの隙間、都市部への入り口は数が少なく、検問所がもうけられている。

内部に入る検問は軽く、外部に出る検問は厳しい。

隙間から流れ込んでくる風が一瞬強い刺激臭を含み、慌ててワルツさんはウィンドウを完全に閉じた。

その行為を受けてか、ごそごそと、運転手が助手席のダッシュボードに手をいれて、大仰な防塵《ぼうじん》マスクを膝に投げて寄越《よこ》した。

「おじさんは?」

「俺ぁもう、惜しいもんもねぇよ」

呵々《かか》と笑う、歯がこぼれ落ちそうだ。ワルツさんは穏やかに目を細めて、「お借りします」と言ったけれど、結局そのマスクはつけなかった。

検問所を通ると、瓦礫のドームが近づいてくる。骨組みだけになった建物も数多く見えた。窓ガラスがすべて崩れ落ちた廃墟をさして、トラック運転手が言う。

「あれは、病院だった」

ワルツさんが首を曲げてそちらを見る。今度はその先を運転手がさす。

「こいつはショッピングストア」

砂の城のように、半分崩れ落ちて、無残な形だった。いつの間にか地面のコンクリはきれて、砂利《じゃり》の道になっている。車が通る場所だけに地肌が覗《のぞ》き、他は青々とした草が揺れていた。

骨組みだけになった、建物の前を通る。大きな時計が、地に埋まって、文字盤だけをさらしていた。

「これは……学校か。いつまでたっても、そのまんまだなぁ」

ワルツさんは目を細めて、もう誰もいない学舎をのぞんで。

「静かですね」

と呟いた。息を吐くように、運転手が笑った。

「人間がいなけりゃ、静かだろうよ」

都市は、穏やかで、静かだった。それはその通りだろうと、ワルツさんも思うのだ。人は、騒がしい大地を切り開いて、そこをデコレートするように、街をつくり、都市をつくった。生きていく音はその規模に合わせて増えていき、それらが綺麗になったならば、残るのは、息づかいのない静寂だ。

「どこで停める?」

「入ってすぐで、いいですよ」

まばたきを数度する。その間に、ワルツさんの『回路』はすでに、位置情報の把握から三次元の数値出しにまでかかっていた。

目的としている本に、近づいてきていることが、ワルツさんにはわかっている。かすかに感じる痛みは処理痛と呼ばれるもので、回路が通常生活以上の働きをする時、その処理を痛みとして認識しているだけだから、なにも心配はいらない。

助かりました、とワルツさんが笑う。歩いてきていたら、多分夜中になっていただろうと言って。

「帰りは?」

「まだ、決まってないんです」

「そう、俺は、明日の昼にゃ出る予定だ。この先の、駐車場に止めてる」

時間が合えば、また乗せてくよ。軽く、けれど決して軽々しくはない約束だった。祈りにも似ている。

返事の代わりにワルツさんが鞄から、ごそごそと缶コーヒーを取り出した。

「これ」

「おお。ありがと」

「こちらこそ、ありがとうございました」

コーヒーとともにマスクを渡すと、少し驚いたようだった。これは譲ってしまうつもりだったのだろう。

「いいのか」

「はい。大丈夫です」

助手席のドアがあき、昇降台が降りる。防塵マスクを片手で回しながら、トラック運転手は言う。

「抵抗があるもんだと思ってたがな」

「わたし、都市部生まれですから」

「ああ……」

運転手が、言葉を失う。そのためらいを吹き飛ばすように、ワルツさんがいたずらげに笑った。

「はい。戦災孤児《シティガール》なんです」

ふわりとワルツさんが降り立った。その言葉に、運転手が笑う。それから、「雨には気をつけろよ」と言葉を落として。

ワルツさんを置いて、走っていってしまった。トラックがいなくなってしまうまでワルツさんは手を振って、ぐるりと首を回す。

あたりは見える限り、瓦礫と草ばかりだった。木の一本も、すでになく。

都市は、静かだった。


息を吸い、吐くと苦みを感じる。

ワルツさんが歩いていたのは、ドームのすぐそばだった。

砂利と草の道をスニーカーで進みながら、ワルツさんは足下ばかりを見ている。行く先にはなにもなく、足下には、たくさんのものがあるからだった。

ガラスの破片。

炭と化したプラスチック。

折れたペン。

それらをすべて隠していく、オオイヌノフグリ。

「ああ」

ワルツさんがしゃがみ込み、見つけたものを取り出そうと、砂を指先で払った、その時だった。

「！」

突然走ってきた影に、肩をぶつけられ、思わずよろめいて膝をつく。ぶつかってきたのは、小さな子供だった。少年か、少女かは、わからない。ゴムのような素材でつくったカッパを頭からかぶって、黒く汚れた頰と、縮《ちぢ》れた髪が覗いている。

その子供が、ワルツさんが今見つけたものを、掘り出していた。持ち手の折れ曲がったスコップで、半分埋まったそれを取り出し。

「…………」

眺めてすぐに、捨てると走り去っていった。片足が悪いのだろうか、引きずるようにして。

ワルツさんには、声をかける暇さえ与えられなかった。戦災孤児《シティボーイ》と呼ばれる、都市部で廃材の掘り出しをしている子供だった。

もう何十年も経っているのに、まだ、あんな子供が生まれているのだ。この都市部に、捨てられているのだ。

有害物質残量の測定も行われていないようなこの地で。廃材を取り出し、再利用出来る端末などを掘り出しては、自治区の企業に転売したり、密市《みついち》と呼ばれる闇市で売ったりしている。

子供が掘り出し、けれど価値がないと捨てていったのは、すでに酸化して変色した、一冊の本だった。どこかの企業の歴史本だろうか。ページは破れ、表紙ももうない。かろうじて、文字が読めることがまた切なかった。

本が、まだ、こんなところにあるのだ。ワルツさんは砂を払い、無残な形の本を、ビニールにいれて鞄におさめた。

時折海から吹く風が鼻先をかすめる。遮蔽物《しゃへいぶつ》のない荒野では、風は思いも寄らぬほど遠くまで走る。

そして、文明の残骸のような荒野を見た。

あの戦争はすべてを奪ってしまった、と言う人がいる。

『三十六時間の戦争』と誰かが言った。

災害だったのだと誰もが思った。世界中で矢継ぎ早に起こった、大災害。けれどそれが自然からの試練ではなく、水面下で徐々に動き続けていた、避けきれなかった戦争の始まりであり、同時に終わりであったことに、人々は一瞬の崩壊よりももっと長い時間をかけて気づいた。

枯渇した石油をはじめとした資源と、最先端の代替エネルギーの利権。歪みとともに、人は身の丈に合わぬ武器を持ったのだろう。

気づいた時には、なにもかもが遅かった。

無慈悲にどこまでも肥大し続けた大量破壊兵器は、各国の主要都市に一度に大穴をあけた。日本だけでも五カ所以上の都市が、見るも無惨な瓦礫の山と化し、パブリックサーバーは破壊されネットワークには不正ウィルスが蔓延《まんえん》した。

先進時代と呼ばれた、あの頃には、もう戻れない。

『これは人類の一つの終着点《ピリオド》である』

最初の爆撃から三十六時間後、大国の大統領が、泣きながらそう述べた。

そうして、事実上の第三次大戦は、こう呼ばれた。ピリオド。人類の歴史の、ひとつの、終わりだ。

あの戦争は、すべてを奪ってしまったと、誰かが言っていた。

ワルツさんはそうは思わない。

なにも持たなかったからだ。そう、最初から、ワルツさんはなにも持たなかった。戦争が終わり何年も経っていたが、長い長い戦後《A・P》の混乱期に生まれ、焼け野原に放り出されたワルツさんには、戸籍さえ、なかった。持たないものは、失いようもない。

ワルツさんは、都市部に生まれた。戦後《A・P》の混乱期にはよくあることだったが、生まれてすぐに、この都市部に捨てられていたのだ。

母親の顔はわからない。

父親は、いない。

血のつながりだけみれば、ワルツさんの家族なんて、そんなものだ。

ぬくもりの記憶には蓋《ふた》をしてある。それはずいぶん深いところにしまわれてしまっていて、ワルツさんでは取り出しようもないし、ワルツさんは「パパ」に対しても掘り返さないで欲しいと頼んだ。

呆然としていた、あの真っ白な思い出なんて、ワルツさんにはいらないのだ。

飢えや寒さ、痛みに泣いていたのは最初だけのこと。

言葉も出せず、遊ぶこともせず、ただ廃材を拾い集めながら、ぼんやりとしていた、彼女のことを迎えに来たのが、クリーム色のコートと、同じ色をした帽子をかぶった、壮年の紳士だった。

師であり、父であり、たったひとりの、ワルツさんの家族だった。

それが、割津義昭《よしあきら》。通称ワルツ教授《プロフェッサーワルツ》との、出会い。

『……あなたの、パパに、なりに来ました』

帽子を自身の胸元にあてた、彼は。

『はじめまして、わたしは、ワルツ、と言います』

そう、彼は言った。

『はじめまして』


都市部の外れに、プレハブの小屋がいくつも並んでいた。その一つの前に立ち、ピンポン、と簡易のインターホンを鳴らす。

辺りからは、塵《ちり》のすえたようなにおいがしていた。

「こんにちは」

『どちらさまですか』

硬い声がインターホンから返ってきたので、ほっとした気持ちになった。ゆっくりと、伝わるように、ワルツさんがインターホンに話しかける。

「サエズリ図書館から参りました。代表で、特別保護司書官の割津唯《ユイ》と申します」

インターホン越しに、息を呑むのがわかった。ああ、この人は該当者なのだと、その瞬間にワルツさんは把握した。

この場所は、カード保有者である犬塚遠の、個人端末情報《プライバシーデータ》に記されていた住所とは違っていたが、若い女性ひとりで、こんな所に暮らしているのだから、理由あってのことだろうとワルツさんは心の中だけで思った。

『帰って下さい』

応答の声は硬かった。なにかをもう一度言う前に、重ねて声。

『帰って下さい！』

ワルツさんは少し大きめの声で、毅然と言った。

「お話をしていただけるまで、ここでお待ちしますね」

『やめて下さい、迷惑です！』

声は泣きそうだった。いじめているような気持ちになって、ワルツさんは少しだけ途方にくれて、呼びかける。

「話しましょう」

拒絶されているとわかっていたけれど。

ワルツさんの本はここにあると、知っていたから。

「お願いです、話しましょう」

わたしはここに、いますから。

がちゃん、と乱暴な音がして、インターホンが切られるのがわかった。ワルツさんはため息をついて、そっと、その、プレハブの家の前に座る。

入り口はここにしかないはずだし、本が持ち出されれば、ワルツさんにはすぐにわかる。迷惑だと叱《しか》られるかもしれない。暴力に出られるかもしれないし、警察を呼ばれてしまうかもしれない。

ぼんやりとワルツさんは、拾いものの本を広げて、雨にうたれて一体になってしまったページを、めくっていく。

この本も、うちの子にしてあげようかしらとワルツさんは思う。多分、資料価値もないし、お医者さんに直してもらうことも難しいけれど。タイトルもわからないけれど、DBにあるのなら、そこから調べて。

心の中で、問いかける。

この本も、うちの子にしていいですか、パパ。

戦災孤児であったワルツさんを迎えに来たのは、当時すでに高名な脳外科医だったワルツ教授だった。

ワルツさんはその時、都市部の病院の中にある、愛児院に暮らしていた。

彼が選んだのが、どうしてワルツさんだったのかはわからない。名簿で一番上だったからかもしれないし、いつまでも引き取り手が現れなかったからかもしれない。ともあれ、後から思えば、ワルツ教授はずいぶん緊張していたのだと思う。

ワルツさんを迎えに来たのだと言い、手続きを終えて、職員に『手を』と言われるまで隣にいたワルツさんのことを失念していたようだった。

『手を、つないであげてください』

そう言われて、慌てて伸ばされた手は、冷たくて、汗が浮いていた。

ワルツさんは最初、ワルツ教授がとてもおそろしかった。気むずかしい顔をして、難しい言葉ばかりを使う人だった。

何時間も、車に揺られて、都市部を出た。はじめての長距離移動で、山道でワルツさんが車に酔ってしまって、ワルツ教授は脳外科医とは思えないほど慌てた。慌てるさまを見ながら、このままどこに連れていかれるのだろうと、ワルツさんは不安で不安で仕方がなかった。それは、馬鹿みたいに大きな屋敷に着いてからも、同じこと。

この暮らしが。自分の未来が。この人と、どこにいくのか。ワルツさんにはわからなかった。

ワルツ教授には家族がいなかった。それだけでなく、ワルツさんのような子供とは話したこともないようだった。だから、ワルツさんの、ワルツ教授との暮らしは最初とても息苦しいものだった。

彼は客が来ている時と、手術室にこもっている時以外は、大きな書斎に閉じこもって、本を読んでいるような人だった。家に出入りしている家政婦達はワルツさんを可愛がったが、ワルツさんは可愛がられ方がわからなかった。

あの人は、パパになりに来たと、言ったけれど。

パパとはどんなものだろうと、ワルツさんは考えていた。

ある日のこと、様々なタイミングの妙で、ワルツさんはワルツ教授の書斎にひとりで取り残されるようなことがあった。息苦しいような部屋だが、持ち主がいなければ、とたんに飴《あめ》色に輝いて見えた。

一番下にあった本を、引っ張り出して、分厚い絨毯《じゅうたん》に広げた。文字は、わからなかったけれど、そこに質感があって楽しかった。ページをめくる、そこに絵が現れる。それだけで、宝箱を開くようだった。

その時、書斎のドアが開いて。

『唯！』

客人に呼ばれていたはずの、ワルツ教授が、顔をこわばらせて入ってきた。ワルツさんは驚きのあまりに無表情になった。

怒られる。そう思ったのだ。怒られ、もしかしたら捨てられてしまうかもしれない。いらない子だと、言われてしまうかも。

そもそも、この家に、この人に、本当に自分は必要だったのか？

けれど、ワルツ教授はワルツさんににじり寄るように近づいて。

『……面白いか』

そう問いかける、声は震えていた。ワルツさんは、答えなかった。答えられなかったという方が正しい。けれど。ワルツ教授は答えを待たず、言った。

『そうか、本が、面白いか！』

次の瞬間には、ワルツさんの身体《からだ》が浮かんでいた。抱え上げられ、膝に座らされて、机に本を広げられていた。

はじめて抱かれた、ワルツ教授からは。

コーヒーと煙草《たばこ》の苦い、においがした。

驚きにかたまっているワルツさんをよそに、ワルツ教授は上機嫌で、ワルツさんの頭をかいくりながら言った。

『そうだ、そうだな、お前も本を読めるのだろうな！　そうだろうな、そうだ、わたしの子だものな！』

わたしの子だものな。

その言葉が、ワルツさんの胸に落ち。

唐突に、この人は本だ、とワルツさんは思った。ワルツ教授のにおいは、本の合間にある空気と同じものだった。幼心に、そのインパクトを刻みつけた。

この人のすべてが、こんなにも本なのだから。

あなたは、本だ。

それから、ワルツさんは思った。活字の躍る、白いページを目で追いながら。大きな膝の上で、そのあたたかさの中で。

わたしも本になりたい、とワルツさんは思った。

わたしも本になって、あなたに、愛されたい。


ぽつん、と音を立てて。眺めていた本に、雨が落ちた。陽が落ち、暗くなりかけていたから気づかなかったが、あれほど晴れていた空が真っ暗になっていた。

「大変」

言いながら、ワルツさんは鞄の中に本をしまった。代わりに、折りたたみの耐久傘《パラソル》をさそうとして。

「…………」

思いとどまり、そのまま、鞄が濡れないように、ショールで包《くる》んで佇んだ。雨粒は大きく、ワルツさんの頬を打つ。秋のはじめの雨は、こごえるほどに冷たくはないが、口から飲み込むことがないように、口元だけは押さえた。

気休め程度だと、ワルツさんにもわかっていたけれど。

ぱらぱらと、背後のプレハブ小屋の屋根を打つ。その時、近くの家から、腰の曲がった老婆がひとり、傘をさしたまま足早にワルツさんのもとに駆けてきた。

「あんた」

傘を突き出そうとするのを、ワルツさんは押しとどめ、髪から水がしたたるのをそのままに、出来る限りやわらかな声で言った。

「大丈夫です」

大丈夫ですから。何度も、老婆が諦《あきら》めるまでそう言うと、老婆はひどく怪訝《けげん》な顔で、けれど逃げるように自分のプレハブに戻っていった。

「ありがとうございます」

その背中に、深々と頭を下げた。その時だった。

かちゃ、と背後でドアノブのまわる音がして、ワルツさんは振り返る。

「……なにしてるんですか」

立っていたのは、長めの髪を三つ編みにした、暗い顔をした女性だった。その年齢から、カード保有者の『犬塚遠』本人であると、ワルツさんは目星をつけた。

なにかを言おうとしたが、それより先に、ワルツさんの視線が彼女の身体に引き寄せられた。

(お腹《なか》が)

その瞬間だった。

「なにしてるんですか！」

憤《いきどお》りの言葉とともに、ワルツさんの腕が室内に引き寄せられる。

「はやく入って下さい！」

躓《つまず》きそうになりながら、ワルツさんが狭い玄関に足を踏み入れると、顔にバスタオルが投げつけられた。

「なにを考えてるんですか、都市部に降る雨が身体によくないって、知らないんですか！」

犬塚さんの言葉は、まるで泣き声のようだった。

「死んだら、どうするんですか……！」

部屋は薄暗く、かすかに、線香のようなにおいがした。憎み、恨むような視線だったが、ワルツさんに押しつけられたバスタオルは、洗い立てで、優しい感触だった。

「迷信です」

そう、ワルツさんは静かな声で言った。

「迷信ですよ」

海に近い、都市部に降る雨に、有毒物質が大量に含まれているなんてことは、科学的な根拠も発表もない。そうであるなら、都市部以外の雨ももうだめなはずだった。確かに、耐久傘もささずに雨の中を歩くような人間は、気が触れたかと、さえずり町でも言われるだろうけれど。

安心させるように言ったつもりだったが、ワルツさんの言葉は、よっぽど犬塚さんの癇《かん》に障《さわ》ったようだった。

突然、ワルツさんの頬を、犬塚さんの手が張った。大きな音が鳴って、驚いたけれど、それほど痛みはなかった。

頬を張った方の、犬塚さんの方がずっと、手を痛めたような、顔をしていた。

「あなたみたいな人が、無責任に、いい加減なことを、あなたみたいな人が……！」

そのまま、犬塚さんはしゃがみ込んで、膝を抱えて泣き出した。ワルツさんは、自分の顔を、髪、それから肩と、腕、鞄を、丁寧に拭《ふ》いて、同じようにしゃがみ込み、肩を叩いて、囁くように言った。

「……おうちに、いれていただいて、ありがとうございます」

話しましょう、と静かに言う。

薄暗い部屋の奥には、小さな箪笥《たんす》と、二つの、位牌《いはい》。そして。

一冊の絵本が、置いてあった。


犬塚さんは、ワルツさんのために暖房をつけてくれて、お湯を沸かしてカフェインレスの茶を出してもくれた。その頃には、すっかり落ち着いて、会話が出来る状態にもなっていた。

「……伯母の、描いた絵本なんです」

小さなテーブルの前に座って、犬塚さんはぽつりと告げた。

『花と子リスちゃん』と書かれた絵本は、テーブルの上にあった。それがサエズリ図書館の蔵書であり、無断で持ち出したのだということを、犬塚さんは素直に認めた。

「伯母は……母の、年の離れた姉で、ずいぶん裕福な家の人だったそうで、絵本を出すことが、夢で。でも、子供には恵まれなくて……。この、一冊を、わたしの誕生した時に、つくったそうです」

数十冊の、上製本。市場に出回るようなものでは、決してない。

「わたし、すごく、好きでした。この本が」

　電子書籍が主流となってから、子供向けの書籍もまた、専用端末と電子形態にとってかわられた。質のよい紙と印刷を必要とする、絵本もまた高級品であった。学習用のコンピューターより高い一冊を、けれど、犬塚さんはとても大切に愛《め》でた。

　白い表紙に、花を持った、リスの絵。シンプルで、ともすればつたないような、それを、なにより、愛していたのだと彼女は言った。

「でも、焼けて」

　くっと、犬塚さんの拳が強く握られた。

「あの日に、全部、焼けて」

　犬塚さんは、ピリオド当時、都市部周辺地域に住んでいたのだという。郊外の学校に通っていたために、命ばかりは助かったが。

　家と、家族を、すべて失ったのだという。

　もちろん、本も。そして、思い出も。

　諦めていました、と自分のお腹をさすりながら、犬塚さんは言った。

「生きていくのが、精一杯で」

　でも、と犬塚さんが震える声で言う。

「この子が、出来て」

　お腹の中に、赤ん坊を授かった時に。

「読んであげたいって、思ったんです」

この子に。でも、と犬塚さんの声が震える。また、目元を瘦《や》せた手で覆いながら、必死で言葉をつなげる。

「思い出せなかったんです。あんなに……あんなに、好きだったのに」

犬塚さんの伯母が書籍にしたこの本は、電子図書のライブラリにも収録されていなかった。諦めるしかないのかと思っていた時、DBはある検索結果を出した。

「でも、一冊だけ、サエズリ図書館にあるって……」

サエズリ図書館の蔵書は、リストがDBに上がっている。実物が図書館に所蔵されていると知って、犬塚さんはいてもたってもいられなくなったのだという。一目見るだけでよかったのだと、言い訳のように犬塚さんは言った。

「でも、見たら——」

それ以上は、言葉にならなかった。

本の盗難のため、感知装置をくらますためには、妊婦のためのシールドエプロンを使ったのだろう。様々な電磁波が胎児に与える影響にセンシティブになっていた頃、政府から支給された、特殊なシールドエプロンは、今は流通していないが、年配者が簞笥の奥から出してきて、妊婦に渡すことが多いのだという。

そして犬塚さんは、座り込んだまま、わずかに後ろへと下がり、向かい合わせに座ったワルツさんに、両手をついて頭を下げた。

「盗んだことは、事実です。こんな風にお願いすることも、盗人猛々《ぬすっとたけだけ》しいってわかっています。それでもどうか、お願いいたします」

この本を、譲って下さい、と震えながら。涙を落としながら。

「お金でしたら、いくらでも、お支払いいたします。今は、手持ちはありませんが」

いつか、必ず、きっと。

その言葉が、嘘だとは、ワルツさんは思わなかった。犬塚さんは必死だった。

彼女の懇願は、ワルツさんには予想されていたことだった。サエズリ図書館には、この世に一冊しか現存しない本も山となっている。たった一冊でいい、譲ってくれと言う相手は、これまでもたくさんいた。

そしてその人達、ひとりひとりに、ワルツさんは同じ答えを返した。

「出来ません」

やわらかな声、優しい表情で。それでも、はっきりと。

「サエズリ図書館の蔵書は、何十万、何百万のお金を積まれても、お譲り出来ません」

ただの、一冊も。

ぱっと犬塚さんが顔を上げる。充血した目を、極限まで見開いて、かすれた声で犬塚さんが言う。

「どうしてですか」

ワルツさんは、まつげを伏せて、静かに告げる。

「あの本は」

どれほど残酷な言葉だと、わかっていても。こう答えるよりほかに、ワルツさんは言葉を知らない。

「わたしのものだから」

がたん、と音を立てて、犬塚さんが、身を乗り出した。湯飲みが倒れ、小さなテーブルの上に茶が流れる。咄嗟《とっさ》にワルツさんは、『花と子リスちゃん』の絵本が濡れないように、それを取り上げた。

けれど、犬塚さんはそのワルツさんの胸元に、すがるようにつかみかかった。

「一冊ぐらい、一冊ぐらい、いいじゃないですか！」

あんなにいっぱい、本があるんだから！

血を吐くような言葉だった。ワルツさんは、それをなだめるように、本を膝の上に置き、なでながら、言った。

「かつて、この地で、人はいっぱい、亡くなりましたね」

あの三十六時間が、この国の、文明を折り返すほどの打撃を与えた。国家は意味を成さなくなり、ひどくいびつな形で地方自治に任され、先進技術も高エネルギーと設備を必要とするものはのきなみ時計の針を戻さざるを得なくなった。

「たくさん亡くなったんだから、ひとりひとりのことなんて、どうでもいいって。もうひとりくらい死んだっていいって、そう思いますか？」

わたしには、サエズリ図書館の蔵書一冊一冊が、それくらいの価値があります。そうワルツさんが答えれば。

犬塚さんは、くしゃりと顔を歪め。怒りよりも、もっと憤った顔で言った。

「ずるい」

それは、あの図書館を見たからだろうと、容易にわかった。あの図書館。あの蔵書。莫大な、ワルツさんの財を。

「はい」

ごめんなさい、とワルツさんは言う。

「わたしは、ずるいんです」

それでも、あなたにはあげられません、とワルツさんは、はっきりと答えた。

ワルツ教授こと、割津義昭は、生涯妻を娶《めと》らなかった。

若かりし頃、とある科学雑誌のインタビューで、その理由について、わずらわしいからだと彼は答えていた。知識の探求。そして読書。どれも、彼の中の多くを占め、また消費する。そこに伴侶《はんりょ》は入る余地がないのだと語っていた。

研究と読書に明け暮れた彼が、どうして養子をとったのか。それは結局ワルツさんは確かめたことがない。どんな科学雑誌にも、彼のコラムにも、ワルツさんのことは書かれてはいない。

ワルツさんにとってはよき父であり、最愛の家族であったが、数少ない友人達には、端末を前に声を荒らげることも多い人だった。

けれど、彼の研究仲間、そして書痴仲間もまた奇人変人に溢《あふ》れていたものだから、怒鳴り合いもまたひとつのコミュニケーションだったのだろう。

『貴様こそ、アレクサンドリアを忘れるな』

そう言って、端末を放り投げることも一度や二度ではなかった。アレクサンドリアを忘れるな。それが、彼の口癖だった。かつて遠い遠い昔に、焼け落ちたという最古の図書館。本はデータのように永遠でないのだと、だからこそ素晴らしく、大切に扱っていかなければならないのだと、そして愛する価値があるのだと。

煙管の煙を揺らしながら、ワルツ教授は言ったものだった。

『唯、お前は、どの本が好きだ』

同じ書斎でひっそりと、本を読む時間が至福だった。その至福の時間に、ワルツ教授が聞いたことがある。

その問いに、ワルツさんは笑って答えた。絨毯に転がりながら。

『みんな好きよ。とにかく本が好きなの』

ワルツさんはワルツ教授の本を読むのが好きだし、本を読んでいるワルツ教授が好きだし、本を愛しているワルツ教授が好きだった。

だから、本が好きだとも言えた。

ワルツさんは学校に通えなかった。あとから知ったことだが、当時、戦災孤児であったワルツさんは、入学に当たってその証書を出さなければならなかったらしい。そして当時は今よりもっと、戦災孤児に対して、偏見が強かった。

ワルツさんは学校に行ったことがなかった。けれどそれでいいと思っていた。

こんなにもたくさんの本がある。ここには、こんなにも学ぶものがあるのだから。

この空間が好きだし、この生き方が好きだった。ワルツさんにとっては、ワルツ教授の本が、暮らしのすべてだった。それが一体、どれくらい、どのように伝わったのかはわからなかったけれど。

ワルツ教授は、煙管の灰をかつんと煙草盆に落として、目を細めながら言ったのだ。

『お前に本をやろうと思う』

飴色の部屋の中で、ワルツさんは絨毯の上でワルツ教授を見上げていた。

『今、隣の病院を壊して、建設しているだろう。最新鋭の設備の整った、図書館だよ』

確かに、ワルツ教授の屋敷の隣にあった、プライベートな研究施設は取り壊しにかかっていた。そして、そこに図書館をつくるのだと、ワルツ教授は知人達に自慢していた。

今は屋敷とその地下室に溢れんばかりに詰め込まれた書架が、整然と並び、そして貸し出すことが出来る。

この時代に、これからの時代に。本が博物館ではなく、図書館で貸し出されることに意味があるのだと、ワルツ教授は言っていた。

本に対する愛情を、忘れてしまわないように。

図書館の建設は、ワルツ教授の悲願であり、夢であり、生きていく上での目的でもあった。

そして、その図書館の建設を目前に控えて。

ワルツ教授は、ワルツさんに言ったのだ。

『その図書館を、お前にやろうと思っている』

ワルツさんはぱちぱちと、まばたきをした。

『そこに詰まった、蔵書をすべて』

そこで煙管に新しい煙草の葉を詰め、火をつけながら、ワルツ教授はぐるりと自分の書斎を見渡した。ワルツ教授の蔵書の中でも、特に寵愛《ちょうあい》を受けた、選《よ》りすぐりの本棚を、色の薄い灰色の瞳で、なでて。

『わたしの本を、お前にやろう』

受け取ってくれるかい。

そう、ワルツ教授がワルツさんに尋ねた時、なぜかワルツさんの心をひとなでしたのはおぼろげな不安だった。その正体はわからないけれど、落ち着かない胸騒ぎをかき消すように、ワルツさんは笑って肩をすくめてから、茶化すように尋ね返した。

『でも、わたしに持ちきれるかしら。パパの本を、もらいきれるかしら』

ワルツ教授の蔵書は増え続ける一方だった。その頃はすでに、彼は記憶回路《ネオメモリ》の埋め込み手術の代金を、本で支払わせていたから。人間の一生分の本が月に何度も、頻繁《ひんぱん》な時は週に何度も増えていく。そのはやさはワルツさんの想像を飛び越えるほどだ。その本を自分のものとするなんて。

けれどワルツ教授は目を細めて、ワルツさんに言うのだ。

『出来るよ』

多くの人の心と脳を救った、神様のような手を組んで。

『お前は、わたしのつくった図書館の、司書となればいい』

それこそ神様のように、託宣のように、ワルツ教授は言った。

『世界の裏側に持っていかれても、わかるように』

すべての本、すべての蔵書が。

『お前のものと、なるように』

その時感じた不安の理由を、ずいぶん遅くなって、ワルツさんは知ったのだ。

ワルツさんにとって、ワルツ教授とは本であった。それを、すべて与えられたならば。

あなたは、どこに、行ってしまうの？

すすり泣く声が聞こえる。最初は雨かと思ったが、そうでないようだと、おぼろげな意識の中でワルツさんは思った。ワルツさんは犬塚さんの部屋に泊まっていくことになった。会話は平行線をたどり、和解とはほど遠かったが、雨の都市部に、しかも夜に閉め出すようなことは犬塚さんには出来ないようだった。

一宿の恩として、ではないが、ワルツさんはこの盗難を警察に届けることはしないつもりだった。本が返ってくるのなら、それ以外に求めることはないのだ。

電気の消えた部屋は、真っ暗だった。けれど、徐々に目が慣れて、隣に眠っていたはずの犬塚さんが、お腹を抱えて泣いているのが見えた。

「犬塚、さん……?」

ワルツさんが半身を持ち上げ、犬塚さんに尋ねながら、その背をさする。暗闇の中で、犬塚さんの頬から、涙がこぼれて落ちるのがわかった。

「司書さん」

と犬塚さんが、ワルツさんのことを呼んだ。犬塚さんの背、肩、声は、小刻みに震えていた。その声も。お腹をさする、指先も。

「助けて下さい、司書さん」

「はい」

ワルツさんはすぐ隣に座り、何度も背中をさすりながら、言った。

「はい。わたしはここにいますよ」

ワルツさんは、ワルツ教授のように、お医者さんでも、研究者でもなかったけれど。人を救うことなんて出来ないけれど。それでも。

ここにいて、言葉を聞くことなら出来ると思った。

「怖いです。怖いんですよ……」

犬塚さんの冷え切った身体が、ワルツさんに寄り添った。その肩に、濡れた目元を押しつけて、喘《あえ》ぐように、犬塚さんが言う。

「……産むなって、言ったんです」

その言葉に、ワルツさんは声を殺す。

「あの人、夫が、産むなって」

犬塚さんよりもまだ若い、ワルツさんにすがるように。それでも、それまで、誰にも言えなかったことのように、決壊するように、言葉をこぼす。

「やっぱり、産んじゃ、だめなんでしょうか」

ワルツさんはきゅっと自分の唇を結んだ。犬塚さんは、ワルツさんよりも一回りは年上の女性だった。身重の彼女に、あえて、父親がどうしているのかとはワルツさんは尋ねなかった。

この家には、彼女と、それから、死んでしまった人の気配しかなかったから。だから、もしかしたら死別をしたのかもしれないと、思っていたけれど。

逃げてきたのだと犬塚さんは言った。このままだと、この子は殺される。そう思ったから、結婚して、都市部の外に出たけれど、やっぱりここに戻ってきてしまったと泣きじゃくった。

都市部は今、外から入ってくることはたやすい。暫定《ざんてい》政府の認可を受けて、特に都市部に生まれた人達は、罹災証《りさいしょう》が交付されているから住む場所と最低限の生活は保証される。けれどその、生涯にわたっての健康までは一切保証されない。

都市部の近郊に住む魚は、ほとんど死滅してしまった。鳥もまた、数種類を残して激減した。そしてなにより、人間の生活は大きなピリオドを打ったというのに。

それでも、それをわかっていて。リスクを承知で、犬塚さんは都市部に逃げてきたのだという。

だって、と犬塚さんは言葉をつなげる。

「だってあの人、堕《お》ろせって、あたしに言ったんです。やっと、やっと出来た子なのに……！　こんな世の中じゃ、子供は幸せになんて、なれないって……！」

泣きじゃくるように、ワルツさんの服を掴んで、子供のように、犬塚さんは叫んだ。

「生まれてくるだけ、不幸に、なるって……！」

ワルツさんは、目を細める。

あの戦争はすべてを奪ってしまったと言う人がいる。ワルツさんは、そうは思わない。けれど、置いていったものはあまりに多いと、ワルツさんは思っている。人の心に。この大地に。それは取り返しもつかないような、大きな傷跡だ。

戦後《A.P》に生きる人々には、時に病よりも大きな絶望が巣くっている。

戦前《B.P》のような利便性はすでにない。過ぎた設備を必要とする技術は、ネットワーク断絶がゆえにもう絶えてしまったものも多いだろう。

人口は激減し、乳児の死亡率の高さから、人の平均寿命も、六十を割った。海と大地は汚染され、日に日に、自分達には、否《いな》、すでに人類には、死の影がにじりよってきている。産み、増やさねばならないとしても、出生率は下がり続け、また、それに比例するように、障害児の割合が増加した。

未来がないと、思ってしまう。

そうなのかもしれない。これから生まれてくる子供は、不幸にしかならないのかもしれない。

ワルツさんにはわからない。

けれど、彼女はそれでも、子供を産むだろう。夫のもとから離れてでも、子供を選んだこの人だから。

不安に震えるその背をさすりながら、ワルツさんは、その背に語りかける。ワルツさんにしか、言えない言葉を。

「本は死にません」

慰《なぐさ》めるように。祈るように。願うように。

「それは、救いにはなりませんか」

ワルツさんの声もまた、震えていた。

「人は、死ぬかもしれない。でも、死なないものだって、あるかもしれません」

信じて下さい、とワルツさんは言う。信じて欲しいと思った。それから、伝えたいと思った。これから、未来と戦おうとする人に、古い過去から。つながる命から。贈り物があるのだと。

「あなたの、伯母様は、亡くなったけれど」

枕元に、白い表紙の、絵本が置かれている。

「本は、残ったでしょう」

ワルツさんは思う。幸福は、もう作り出すしかないのだと。天から降ってくるようなことは、きっとないのだろう。それでも、自分達は、どれほど孤独になっても。

ひとりではないと信じたい。

『わたしが死んでも、本が残る』

そう、ワルツさんに言った人がいる。死の間際に、延命装置につながれながらも、肺を鳴らしながら、そう言った。

そんなものいらないと、はじめてワルツさんは、すがりついて言った。

生涯で、一度きり。

『本なんていりません！』

本なんて、本なんていらないと、言ったのは、後にも先にも、あれ一度きりだった。

ワルツ教授は病魔におかされていた。それはもう、もしかしたら、ワルツさんを引き取った時には承知の上だったのかもしれない。

向かいくる死の恐怖が、あまりに優秀だったあの人の、心の中のなにかをかえたのかもしれないとワルツさんは今なら思う。

けれど、その時は、ただ、泣きじゃくるだけだった。世界を恨み、運命を恨み、

『本なんていらないから』

言うことをきかないわがままな子供のように彼にすがった。それははじめて、二人が親子ら

しくなった瞬間だったかもしれない。

『死なないで、お願いです。置いていかないで、パパ』

すべてを与えてくれた、ワルツさんを溺愛した、彼は最後に、ひとつだけ。その望みだけは、叶えてはくれなかった。

『わたしが死んでも、本は残る』

最後に、ワルツさんの頬をなでようとしたのだと、ワルツさんにはわかった。ワルツ教授の指はもう、一ミリたりとて動かなかったけれど。ただ痙攣《けいれん》するそれを、ワルツさんはすがるように握った。

『誰かが言うかもしれない。お前は……わたしの、娘などではないと』

困難な呼吸の合間に、切れ切れに、彼は言った。

『けれど、胸を、はれ』

自信を持て。信じろ。

『本は、わたし』

この、小さな脳に埋め込まれた回路で。

『つながっているから』

二人の間には、血のつながりがなかった。遺伝子も、血液型も、なにもかも違う二人だった。

けれど、二人は親子だった。

それを証明するために、彼は、ワルツさんの脳に回路を埋め込んだのだ。

この先、絶望に満ちた未来で。

小さなワルツさんが、孤独にはならないように。

かすれた声で、ワルツ教授は最後に言った。

『アレクサンドリアを忘れるな』

その言葉は今も、ワルツさんの心に響いている。まるで傷跡のように、その一方で、まるで宝石のように。

『ずっと、そばにいるよ』

ワルツさんは犬塚さんの、妊婦にしてはあまりに細い身体を抱きしめて、こぼれる涙をぬぐわぬまま、心の中だけで囁いた。

（ごめんなさい）

一冊の本が、どれほど貴方を救うのか、それを、心の底から誰よりも、自分は知っているのに。この本は、確かにこの人のものかもしれないのに。これから生まれてくるであろう、この人の子供のものかもしれないのに。

（それなのに、たった一冊の本も、差し上げることが出来なくて）

わたしは、ずるくて、ごめんなさいと。

思いはしたけれど、決してそれは、口にはしなかった。口にしてはならないことだと、ワルツさんは思った。

代わりに、出来る限り優しく、背中をなでながら、出来る限りのいたわりを持って、ワルツさんは言った。

「さえずり町に、いらっしゃいませんか」

ひくりと、腕の中で、犬塚さんが震えるのがわかった。それが、返事かどうかはわからないけれど。ワルツさんは、震えるひとりに、未来の命を抱えた、大切なひとりに語りかける。

「……行く当てがないなら。いいえ、他に行く当てがあったとしても、よければさえずり町に来て下さい」

さえずり町は、穏やかで美しいだけがとりえの町だ。不便なところも多くあるし、停電も多いため、助け合わねば生きていけない。けれど。

「あの町には、図書館があります」

そして図書館には、本がある。その本がつなぐ、人々がいる。

それだけだ。たったそれだけだけれど。

どれほどの絶望でも、恐怖にさいなまれても。

一枚の紙。

一つの文字。

たったそれだけ。それでも。

それこそが、わたしのすべてであり。生きていることのすべてであると、ワルツさんは思っている。

その夜、ワルツさんは夢を見た。

今はもう、滅多に見ることもなくなった、古い部屋の夢だった。ワルツ教授の書斎は、サエズリ図書館の地下にそのまま持ち込んだけれど、それでも当時の空気と今の空気は、似て非なるものである。

けれどこの部屋は、昔の部屋だとワルツさんは思った。部屋の主の気配と、完璧な空調をもってしても消しきれない、煙管のにおいがしている。長い髪を流しながら、本を読むワルツさんに、尋ねる声があった。

『唯』

ワルツさんは顔を上げたいと思った。けれど、目は、本に釘付けになって、動かない。顔を上げたいのに。あの人が、どんな顔をしているのか。もう一度、一目でいいから会いたいのに。

ただ、声だけが聞こえる。

『この時代に、生まれてよかったと、思うかね』

ワルツさんは、寝転んだまま、本のページを目でなぞり、微笑むように目を細めながら、うっとりと、答えた。

『パパの娘に、生まれてよかったわ』

それは、夢だったのかもしれないし。

記憶回路《ネオメモリ》が見せた、願望と幻だったのかもしれない。

翌朝にはすっかり都市部の雨はやんでいた。ワルツさんは、静かに犬塚さんの家を出て、本を読みながら都市部の駐車場で、昨日の運転手が来るのを待った。正午にさしかからんとする頃に、昨日とまったく同じ姿の運転手が現れ、

「乗れよ！」

と昇降台が降りてきた。

「仕事は終わったかい」

「はい」

じゃあとっとと出ようと黒いサングラスの運転手が言う。やっぱり、ここは、嬢ちゃんみたいな若い者がいるべきとこじゃねぇからな、と笑って。

ドームを抜けるとき、検問で止められ、ワルツさんは車を降りて運転手と一緒に、汚染値の検査を受けた。附帯値は余裕でクリア出来たが、ひとつだけ、ワルツさんの鞄から出てきた、崩れかけた本だけが、検問に止められてしまった。

取り上げられて、汚染検査を受けなければ通さないという検問官に、「わりぃな、あんちゃん」と声を上げたのは運転手だった。

「こいつは積み荷のひとつだったわ」

そしてワルツさんを振り返り。

「なぁそうだろう」

と同意を求める。トラックの後ろに積めれば、それは産業用の積荷全体の汚染値としてクリアが出来るという彼の機転だった。

「ありがとうございます」

乗り込んでから、シートベルトをつけてなお深々と頭を下げたワルツさんに、「なぁに、袖擦り合うも多生の縁って奴よ」と笑った。

袖は、振り合うものなんだけどな、とワルツさんは思ったけれど。

感謝の気持ちを込めて、ワルツさんは黙っていた。

ワルツさんは車高の高い窓から、過ぎていく都市部を振り返る。

晴れたばかりの空に、うっすらと虹がかかっていたけれど。

ワルツさんは、そっと口をつぐんで、声高にそれを伝えることはなかった。

人のいない静かな都市に。

天の梯子《はしご》と、虹だけが、かかっている。


明日中に帰りますよ、とサエズリ図書館のサトミさんにメールを打ち、ワルツさんは列車の中でゆっくりと、絵本の『花と子リスちゃん』を読んだ。つたない絵と、なんということのない文章だった。それでも、ざらりとした紙の質感が、主人公のリスの表情を豊かなものにしていた。一冊の本が、子供に与えるものは、果たしてどれほどだろう。この本を作った女性は、それが金持ちの道楽だと言われたかもしれない。

けれど、物語は時に、そして本は時に、人の心にその実存以上の確かなものを刻み、人を動かす。それだけの力があるのだと、ワルツさんは知っている。

絵本を読み終え、ワルツさんは外を見る。さえずり町が近づくに従い、緑が濃く、穏やかな町並みになっていく。

わたしはこの旅を忘れないだろう、とワルツさんは思う。この本と一緒に、この旅を、絶対に忘れないだろう。

ワルツさんがさえずり町の最寄《もよ》り駅にたどりつくと、なによりも穏やかな人の気配に包まれた。駅中にある運送業者がせわしなく働いている様子や、近くのパン屋から香る甘い香り、街路樹に留まり鳴く、小さな鳥の声。

そしてそこで待っている、背の高い影があった。

「あら」

ワルツさんが、その姿にまばたきをする。人の少ないさえずり町の駅で、これでもかとばかりに目立っているのは。

「ども……」

革のジャケットを着た、タンゴくんだった。ワルツさんは駆け寄りながら、「どうしたの」と尋ねる。ちょうど、警備員は早上がりになる時間だったが、ワルツさんの戻りは伝えてないはずだった。

「サトミさんが」

タンゴくんが、いつものように視線をずらしながら言う。

「雨が降る前に、迎えに行ってきてくれって」

これ、とワルツさんが渡されたのは、重量のあるヘルメットだった。すぐそばには、タンゴくんの、大きな単車。

「……わたし、乗るの？」

「併走すんですか」

しないわよ、とワルツさんが言うと、タンゴくんが小さく笑った、ような気がした。背を向けていたから、顔は見えなかったけれど。

「ありがとう」

ワルツさんが言いながら、後ろのシートに腰を下ろす。それからタンゴくんに摑まりながら
「ね」と尋ねた。

「……タンゴくんは、生まれてきてよかったって、思う？」

一瞬タンゴくんの動きが止まったが、手首を回して、エンジンをかける。

その手から、ガキッと低い、金属音がした。なんの音だろう？　とバイクを運転したことのないワルツさんは首を傾げる。それから、エンジンの振動とともに。

「まぁ」

ぼそりと彼が、低い声で答えた。

「……思ったり、思わなかったりって、とこっスか……」

その答えが、ワルツさんには少し意外で……そしてとても、納得のいくものだった。

「そうねぇ」

思ったり、思わなかったりよね、と薄い背中に、軽く頭を載せる。タンゴくんの単車が走り出し、よく舗装《ほそう》されたさえずり町の道に出る。穏やかな夕日に染まった街路樹を眺めながら、帰ってきたのだとワルツさんは思う。

さえずり町の夕暮れは、少し灰色で。

お帰りなさいと、言われているようだった。


この国が、それから世界が、どこに行くのかはわからない。いつか、人のいない世界に、本だけが残るような日が来るのかもしれない。けれどそれもいいだろうと、ワルツさんは思っている。たとえ本だけが残ったとしても。物質は、未来に必ず朽ちる。

データは魂かもしれない。けれど、魂には、なんの形もない。

滅びるものだから、信じられるものもあるし、美しいものもあるのだろうと、今ならばワルツさんも言える。

いつかは失われる日々なのだろう。それでもただ、今は。こうして本に囲まれながら、日々を幸福に生きる他にはない。

愛したものを、愛しながら。

そしてよく晴れた日に、ワルツさんはある利用者を迎えるだろう。赤ん坊を抱いた、苦労のにじむ、けれど幸せそうなその利用者の訪問に、ワルツさんは微笑んで言うだろう。

「ようこそ、サエズリ図書館へ」

世界がどれほど変わっても。人がどれほど変わっても。

たとえ文明が大きく折り返したとしても。

本は死なない。

愛する人が、いる限り。

第四話　サエズリ図書館のワルツさん
終

番外編　ナイト・ライブラリ・ナイト
真夜中の図書館のこどもたち

「今年の宿泊体験は、図書館に決まりました」

そう担任の古藤《コトウ》先生が言ったのは、朝の会のお話の時間だった。教室がざわっとしたのが、啼斗《ナイト》にはわかった。

ハイ！　と学級委員の汐《しお》が手を上げた。汐は普段からうるさい女子だけど、こういう時の反応が、一番はやい。

「図書館でなにをするんですか？」

宿泊体験だから、『お泊まり』だろうというのは、啼斗にだってわかったけれど、それでも同じように聞きたかった。つまり、なんで図書館なのか、ということ。

「なんだと思う？」

にぃ、っと古藤先生は笑った。先生は時々、こういう悪い顔をする。

「というわけで、みんな、来週の宿泊体験までに、本と図書館のことを調べておくこと。あと、連絡メールは出しておいたから、家族にも話をしておいてね。では、またあとで」

起立！　礼！　着席。

汐の声が響いて、先生は手をひらひらさせて出ていった。

一限目の理科が始まるまでの十分間と、少し。まず教室のみんながやったことは、腕につけた小型端末を立ち上げることだ。
シーセル《シーセル》は、小学生なら誰でも持っている標準端末だ。
利き腕とは反対の腕につけるのが一般的で、一台でデータ通信や通話機能、非常時の発信器の役割もある。学習端末との同期も可能だから、啼斗達はいちいち宿題を連絡帳に書き込む必要もない。セキュリティや有効範囲は保護者と学校によって制限されるので、授業中に遊んだりすることは不可能だ。
予想通り、『宿泊体験のお知らせ』と書かれたデータが送信されていたので、みんながそれを立ち上げた。
一限目が始まる前のシーセルは操作制限がかかっておらず、ポン、という音とともに、目の前の空間に文字データが投影される。啼斗達小学生も見られるけれど、基本は保護者向けのテキストだ。
『宿泊体験のお知らせ
日時：五月三十日
持ち物：体操服、お弁当、常備薬等就寝に必要なもの
場所：サエズリ図書館
実物の本と触れ合う、貴重な機会です。
質問、要望などありましたら担任までご相談下さい』
「サエズリ図書館？」

「知ってる、さえずり町にある図書館でしょ。お父さんが時々行ってる」

そう言ったのは学級委員の汐だった。あいつの説明を聞くのはなんだか癪《しゃく》だな、と啼斗は思い、文字データの『サエズリ図書館』に触れて、指を動かした。

アクティブカーソルが反応し、今度はサエズリ図書館の説明が現れる。

『サエズリ図書館とは
紙の本が大変珍しくなった現代に、本の実物を無料で貸し出している私立図書館。海外からの利用者も多い』

対象年齢が小学校中学年のため、それだけのデータしか出てこなかった。もっと年齢範囲を広げれば、たくさんのことがわかるのだろうけれど。

「気持ちサガるなー」

汐のうんざりした声が教室に響いた。

「お姉ちゃんは水族館に行ったし、みんなで遊園地に泊まったクラスもあるのに、あたし達はどうして図書館なの？　図書館なんて、本しかないでしょう」

わざわざ、響くように言うのがめんどくさい、と啼斗は思った。

「わたしは、行ってみたいけどな」

汐の隣でそう言ったのは虹子《にじこ》だった。

「本って、なんだか、すてきよ」

そう言う虹子は育ちのいいお嬢様で、いつも真っ白なブラウスを着ている。クラスの男子達はわざわざ言わないけれど、好きな奴は多いし、好きじゃなくても、近くに来るとちょっと胸がざわざわする。だから啼斗はどっちかというと、苦手な相手だった。

「虹子は古いものが好きだからね。でも、子供が図書館に行ったって、本は触らせてもらえないでしょ」

「そうかな？　古藤先生は前、借りてきた本を触らせてくれたじゃない」

「あれは……先生が借りてきてくれたからよ」

啼斗も覚えている。担任の古藤先生が、本を持ってきたのは習字の時間だった。

啼斗達は、おそるおそるそれを触った。

（かさかさしてた）

教科書はみんな、机のディスプレイに表示されているし、学校で借りられる電子書籍は、全部シーセルに入っている。本、は、何度か見たことがあるけれど。

（あんなのが高いなんて、なんか、変だ）

ゲームやビデオより高いなんて。古いものなのにおかしい、と啼斗は思っている。

世の中に本が溢《あふ》れていた時代があったのだという。

それはもう、啼斗達が生まれる前のことだ。

本、と聞いた啼斗が一番最初に思い出すのは、その形、手触り、そして重さだった。

変なの、と思った。これだけの大きさに、入る情報量が少なすぎるだろう。こんなのがたくさん家にあったら、家から溢れてしまうじゃないかと思った。

溢れていた時代もあったんだよ、と先生は笑った。

でも、今はそんな時代じゃない。

紙は高価で、インクも高価で、本は下手《へた》をすれば中古車よりも高いだろう。だから、そんな時代じゃない、のは、いいことなんじゃないかって啼斗は思った。データだけなら、場所も取らない。安い。検索も出来るしコピーも容易だ。いいことばっかりだ。

不自由にお金を払うってことが、贅沢《ぜいたく》ってことなんじゃない？　とわけしり顔で言ったのは汐だった。あいつはいちいち、腹が立つ。

本一冊に価値があるなら、本が何万冊分も読める端末は、何万倍もの価値があるはずだ。

ふと、教室の隅に座っている、クラスメイトの樹陸《ジュリ》が目に留まった。

樹陸はちょっと、かわった奴だ。変な奴。いつも暗い顔をして俯《うつむ》いているし、目を合わせないし、まず、会話が、出来ない。

樹陸は喋《しゃべ》らないのだった。耳は、聞こえているみたいだけど。いじめや差別は絶対だめだと啼斗達は十分教えられているから、表だって無視したりとかは、しない。でも、他の奴らと同じように仲良く、とはなかなかいかない。見方を変えたら、こっちを無視しているのは樹陸の方なんだから。

啼斗がシーセルを立ち上げ、樹陸にメッセージを飛ばす。クラスメイトがみんな見えるオープンメッセージだ。クラスの中で、誰に聞こえてもいいように言うのと、同じこと。さっきの汐みたいに。

『図書館だって。どう思う？』

樹陸はリアルに言葉を発しない。その代わりに、メッセージには、応えてくれる。

『本は、嫌い』

その言葉に、啼斗が顔を上げるけれど、樹陸は相変わらずシーセルを抱き込むように俯いたまま。

ただ、同じくオプメを見ていたのだろう、ちょっと心配そうな汐と目が合って、啼斗は小さく、肩をすくめた。

宿泊体験は、夕飯を食べてからの現地集合だった。はじめて行くサエズリ図書館は、学校よりずっと新しい建物でびっくりした。本なんかあるところだから、建物だって骨董品《こっとうひん》みたいだろうと、勝手に思っていたのだ。

クラスのみんながばらばらと集まってくる。車を誘導しているのは制服を着た警備員のお兄さんで、怖い顔をしていたけど古藤先生は親しげに話しかけていた。

「古藤先生」

その古藤先生に、誰かが話しかけている。見たことのある母さんだなと思っていたら、背後に樹陸が隠れていた。

（樹陸、来たんだ）

なんとなく、来ないのかと思っていた。啼斗達は先生に見張られているし、家でも授業できつく言われているから、樹陸の悪口を言ったり仲間ハズレにしたりすることはないけど、いつもひとりでいる樹陸は学校がつまらないんじゃないかと思っていた。

一度聞いたことがある。さすがに、オプメじゃなくて送った相手にしか見えないダイレクトメッセージだけど。

『学校、つまんなくねーの?』

答えは、すぐに返ってきた。樹陸はいつだって、誰よりレスポンスが早い。

『家より、マシ』

啼斗は樹陸の声を聞いたことがないから、それが一体どんな声で発せられるのかはわからない。

「どうか、よろしくお願いします」

樹陸の母さんは、深々と頭を下げている。樹陸は喋ることは出来ないけれど、他はみんなと違いないし、そんなに頭を下げる必要はないと啼斗は思う。そんなにされたら、樹陸だって、つまらないだろうに。言わないけど。

古藤先生が手持ちの端末でさっと生徒の位置をチェックする。

「これで全員来たみたいだね」

見送りの母さん達に挨拶をして別れると、生徒達だけで図書館に入る。

自動ドアが、開いて、閉じる。一枚。二枚。二つの扉を越えて明るい館内に入ったら、空気が違って、びっくりした。

（なんのにおいだ？）

あまい。

「木のにおいがする」

と言ったのは、虹子だった。これが木のにおいなんだろうか。くんくんと啼斗は犬のように鼻を鳴らした。図書館は昼間のように明るかった。ホールには、紙の本がびっしりと並べられている。そして、カウンターの前に、ひとりの女の人がいた。

「ようこそ」

優しい笑顔で。背景の本を全部、背負うようにして。

「サエズリ図書館へ」

わたしがこの図書館の代表者、特別保護司書官のワルツです、とその女の人は言った。

「こんばんは、ワルツさん」

古藤先生がそう呼んだ。ワルツさん。その響きが、啼斗の頭に強く残った。

ワルツさんから説明を受ける前に、先生が生徒の前に立った。生徒達はホールの椅子に腰掛ける。四方八方を本に囲まれて、なんだかお尻が落ち着かない。

「まず、最初に、この宿泊体験の決まりをひとつ説明したいと思います」

古藤先生はぐるりとみんなを見回した。隣では、ワルツさんが微笑《ほほえ》んでいる。

「ここ、図書館は、知識の宝庫です。一冊一冊に、とても大きな情報や、大きな気持ちが詰まっている」

（気持ち？）

本に詰まった気持ちって、なんだ？　と啼斗は思う。けれど質問を受ける前に、古藤先生はびっくりするようなことを言った。

「この宿泊体験では、みんなのシーセルを先生に預けてもらいます」

ええっ、と声が上がった。啼斗もそう声を上げたし、自分の上げた声が、思いのほか高く飛んでびっくりした。広い図書館に響き渡るみたいだった。

古藤先生はその驚きを予想していたかのように、

「せっかく来たのに、端末とにらめっこじゃあ、つまらないでしょう」

となんだか悪い顔で笑う。

「どうせ、家でも就寝時間になったらシーセルは自動スリープに入るじゃない。そんなものだよ」

保護者の了承は得ています、と言う古藤先生だけれど、まだみんながざわついている。家ならともかく、外出先でシーセルをはずすのは、どうにも不安だった。スリープモードに入っていても、たとえば、両親や先生からの呼び出しは届くし、寝るときも枕元に置くのが普通だ。通信をナイトモードにしておくだけでいいんじゃないの？　と啼斗は思ったけれど、それを言う前に。

「ハイ！　先生！」

まっすぐ手を上げたのは汐だった。

「でも、それじゃあ樹陸くんと喋れません！」

汐、ナイスパス、と啼斗は思う。そうだ、啼斗も忘れていたけれど、シーセルがなかったら、口を開かない樹陸は他の子供と喋る手段を失ってしまう。

ざっと視線が、ちょっと離れて座っていた樹陸に集まった。

樹陸はいつもみたいに黙ったままで、鞄《かばん》をごそごそとやっている。そしてその手が取り出したのは、手帳サイズのタブレット端末だった。

古藤先生が口を開く。

「樹陸は筆談のためにタブレットの使用が可能です。といっても、ネット回線は切ってもらってるけどね」

――皆さん今夜は、存分に本とたわむれ、本と眠って下さい。

そう古藤先生が締めくくった。啼斗達は互いの顔色をうかがうように目を合わせた。不満はあるけれど、なんと言い表していいのか、わからない。そうこうしているうちに全員のシーセルが回収されて、腕が急に軽くなった気がした。まったくもって落ち着かない、と啼斗は思う。

ちらりと樹陸の方を見た。ひとりだけタブレットを持って、特別扱いのようになった樹陸だけど、なんだか、いつもよりずっと不機嫌で、顔色が悪いようだった。それから、図書館司書だというワルツさんから館内の説明を受けた。

「館内の本はすべてご覧になれます」とワルツさんは生徒達ひとりひとりに、まるで大人にするみたいに丁寧《ていねい》に説明をしてくれた。

「ご覧に、って」

そばにいた生徒が尋ねる。にっこりとワルツさんは笑う。

「見てもいいですよ、ってことです」

でも、とみんなが顔を合わせた。

「本って、高いんだろ」

啼斗が思わず言っていた。

「そうですね。高いです」

でも、高いから、大切に扱って下さい、というわけではありません、とワルツさんがゆっくり言う。

「これは私の、大切なものだから、大切に扱って欲しい、そう思います」

お願いします、とワルツさんが頭を下げる。普段、叱《しか》られてごめんなさいと頭を下げることはあっても大人から下げられることなんてない、子供達は面食らってしまう。

「本を取り出したところを覚えておいて、出来ればもとあったところに返しておいてください。わからなくなったら、適当なところに戻さずに、カウンターまで持ってきて下さいね」

流れるようにワルツさんは説明をしてくれる。

「読みたい本があったら、ご案内をしてあげたい……ところですが」

今回は授業の一環だから、調べ物のお手伝いはできないと古藤先生から言われています、とワルツさん。

「代わりに、検索端末はいつでもお使いいただけます」

いくつか配置された検索用の端末。それを見て、啼斗は目を光らせる。

「それから、今夜は特別に、地下書庫も開放しています。地下書庫には普段目に出来ないような、古い書籍が並べられています。興味があればこちらも是非、ご覧になって下さいね」

案内をするワルツさんは不思議なほどに楽しそうだった。それから、トイレの場所や、何かあった時の事務室への連絡の仕方、寝床は児童書のカーペットフロアを使うことを教えてくれた。

もちろん、宿泊体験で大人しく早寝をするような子供はこの世にいない。

「宿泊体験も授業の一環だから」

古藤先生が最後にみんなを見回して言った。

「最後にレポートを提出してもらいます。ここはぜひ、読書感想文を、と言いたいところだけど、一晩で一冊読み込むのなんて、先生でもなかなか出来ない」

当たり前だ。電子書籍でだって、コピーアンドペーストを禁止されたら、感想文は難題だ。

「だから、作文のテーマは『自分と似た本』にしてみようと思います。この図書館から、一冊、自分と似た本を選んで、どこが似ているのか発表してもらうよ」

「似てるって、内容がですか?」

汐が手を上げて言う。

「内容でもいいし、それ以外でもいい。どこが似ているかも、是非発表時に教えて欲しい。楽しみにしているよ」

ため息めいた呼吸音が、そこかしこから漏れた。

古藤先生は時々、生徒に無理難題を押しつける。こんな課題、シーセルのカリキュラムには絶対にない。とにかく変わり者の先生なのだ。

そうじゃなければ、図書館でのお泊まり会なんて、あり得ない！

ひとしきり説明が終わると、ワルツさんが最後を締めた。

それでは皆様、と指を一本、自分の唇《くちびる》にあてて。

「素敵な図書館の夜をお過ごし下さい」

宿泊体験の消灯は十時だ。

「今何時？」

館内に子供達だけになり、まずそんな声が上がった。誰もが反射的に腕を見て、そこにシーセルがないことを思い出す。

「時計ってあったっけ」「あっち。八時過ぎだよ」「不便だなー」

そんな声がちらほらあがる。啼斗がまず向かったのは、検索端末だった。

「なにすんの？」

近くにいたクラスメイトが覗《のぞ》いてくる。誰もがみな、なにからはじめていいかわからないようだった。

「んー」

啼斗は鼻の下をこすりながら言う。

「DB《データベース》につながってるってことは、ネット回線があるってことだからさ。なんとか検索システム以外を起動出来ないかなって」

「啼斗は得意だもんなそういうの！」

得意ってほどじゃないけど、クラスの誰より自信があることは確かだった。将来は、通信システムをいじる人になりたいと思っている。激務だからと、両親はあまり応援はしてくれていないけれど。プログラミングはまだ簡単なものしか出来ないが、学校の教室端末で、セキュリティホールをぬけてゲームを起動させて、賞賛を集めることだってあった。

「本なんかつまんねーって。ゲームやろうぜ、ゲーム！」

啼斗は特別ゲームをしたいわけではなかったけれど、勝手にシーセルを持っていかれたのは納得いかなかった。だからこれは、ほんのささやかな、意趣返しのつもりだった。

「……なんだこれ」

啼斗が眉《まゆ》を寄せる。

「全然解除できない」

ただの検索システムだろうとたかをくくっていたけれど、強力な制限《プロテクト》がかかっているらしかった。もしかしたら、端末も検索専用につくられているのかもしれない。オールインワンが主流とされるこの時代に、ひどく贅沢な端末の使い方だということまでは、啼斗にはわからなかったけれど。

なんだか突然おそろしく感じられたのは、今自分が、ネットワークから寸断されていると気づいたからだ。これまでは、大人に制御されたとしても回線とどこかでつながっている安心感があった。それが、突然シーセルも取り上げられて、DBにも思うように接続出来なくなった。

「ちぇっ」

啼斗はおそれる気持ちを誤魔化《ごまか》すように大げさに言って諦《あきら》めた。囲んでいたクラスメイトもばらばらと散ってしまう。

「鬼ごっこしようぜ」

「かくれんぼもしがいがありそうだし」

「ちょっと、本を読むんじゃないの?」

汐がぴしゃりと言った。男子はみんな目をそらす。

「だって」

「本なんて、つまんねーし……」

汐の隣で、虹子が小さな声で言った。

「でも、本を読んでる人って、かっこいいよ」

その言葉の効果はてきめんだった。みんなぱらぱらと、本棚の間に消えていく。男子って単純、と汐の顔にはかいてあるように、啼斗には思えた。

自分もその単純な男子のひとり、になるのは癪だったけれど、他にすることもなくて、本棚に向かう。

はじめて手に取る本は、手にずっしりと重いものもあれば、拍子抜けするほど軽いものもあった。啼斗は首を傾《かし》げて、ぺらぺらとめくってみた。同じくらいの分厚さ、大きさなのに、重さが違っているのが不思議だった。開くとビニールが引きつるような音がする本もあった。不意に手の中から音がすると、ちょっと怖い。

(壊れたら、弁償だ)

弁償じゃなくても、すごく怒られるだろう。中を眺めても面白みがわからなかったから、鼻を近づけてみる。

(木のにおい)

か、どうかはわからない。啼斗の知っている木ではないような気がする。ただ、やっぱり少し甘いような、それでいてツンとしたようなにおいだ。

確かめていくと、一冊一冊が、それぞれ違うにおいがした。かさかさしているものもあれば、つるつるしているものもあるし、砂が浮いたようなざらざらなものもあった。

とにかく、右を見ても、左を見ても、本ばかり。

(迷路みたいだ)

ため息をついて、手に触れた本を抜き取ったら、そこに目があってびっくりした。

「あ」

笑った。その声で、汐だとわかった。本と本の間から、汐が聞いてくる。

「いい本あった?」

「いい本って?」

聞き返したのは別に、嫌味ではなかった。本当に、いい本ってなんだ? と思ったのだった。

汐の隣に見える頭は虹子だろうか。

「なんの本持ってんの」

汐が大事に本を抱えているようだったから、本棚の間から啼斗が尋ねてみる。

「これ? 女子サッカーの本」

そう言う汐は確か、週末はサッカークラブに所属していると聞いたことがある。

「日本女子サッカーね、ワールドカップで優勝した時があったんだって。その時の本がどうしても見たくって」

ネットで調べても動画ばっかりだからと汐は言う。動画があるなら、本はいらないだろうと啼斗は思ったけれど、口には出さなかった。汐は少しはにかむように笑った。

「あたしに似てる本かなって」

「ふーん」

啼斗はそれ以上、特に聞きたいことはなかったけれど、そんなにはやく本が見つかっていいなあとうらやましく思った。

「啼斗は？」

本の隙間を覗き込むようにして、虹子が聞いてきた。

「決まってない」

と啼斗は肩をすくめて、「虹子は？」と尋ね返した。

「わたし？　詩集」

ちらりと、水色の本を見せてくれる。

「好きな絵描きさんが絵を描いてるの。本しかないって、言われてたから。あって嬉しい」

「あ、そう……」

それも似合うと思った。啼斗は本を戻して会話に蓋《ふた》をしながら、去年読書感想文のために提出した、ある冒険小説のことを思い出した。名作劇場、と書かれたシリーズの電子書籍だったから、本の形でもあるのかもしれない。

「あれ、あるかな……」

検索してみないと、わかりようもない。さっき見た検索端末にはクラスメイトが集まっていた。空《あ》いている検索端末を探して、電気の消えたオーディオルームに踏み込んだ時、そこにうずくまってる影が動いてびっくりした。

「うわ！」

ぼう、とした光とともに浮かび上がるシルエットに見覚えがあった。

「樹陸？」

啼斗が隣にしゃがみ込む。顔色が悪い。

「大丈夫か？」

肩をゆすって、尋ねたら、渋い顔をしていた樹陸の指が素早く動いた。

『大丈夫』

だ、と打ち込んだ時点で第一候補にあがった単語だった。そんなの、全然信用できない、と啼斗は思う。

「先生呼ぶか？」

首を横に振る。なお言葉を重ねようとする啼斗に、

『本が嫌いなだけ』

と樹陸が続けた。見回せば、オーディオルームにも壁にも本が詰められていた。啼斗は少し苛立《いらだ》ってしまう。そんなの、と思った。そんなの、体調が悪くなるほど嫌なんだったら、なんで来たんだよって。

「嫌いなだけでそんなんになるかよ」

吐き捨てたみたいになった言葉に、樹陸はじっと黙り込んでいた。ああもう、らちがあかない、啼斗は思う。オンラインにつないでしまえば、樹陸はなんなら雄弁だ。でも、直接面と向かうと「こう」なんだから。苛々するけれど、それは樹陸のせいじゃないんだって、わかるけど、わかるけれど苛立ちはおさえられない。

「……なんかあったら、ちゃんと誰かに言えよ」

貝になってしまった樹陸を残し、啼斗が児童書のフロアに向かうと、その中央からどよめきがあがっていた。夜の図書館には似つかわしくない、興奮の声だ。男子ばかりが集まって、中央に広げた本を覗き込んでいる。普通の、文字だけが書いてある本ではないようだった。画集かなにかだろうかと啼斗は思う。

「なにしてんの」

「啼斗、ちょっと見てみろよ！」

腕を引かれて覗き込んで、げっ、と声がもれた。無意識だった。

「なに、これ」

開かれていたのは写真集だった。学校のディスプレイよりも大きく、全面に写真が載っている。

瓦礫《がれき》。煙。炎。倒れた人。流れた、血。

「都市部《シティ》の写真だって」

今は崩壊した都市部の写真は、子供にはトラウマリスクがあるとされ、シーセルでは表示がされない。学校の端末はもちろん、家庭用の端末も、啼斗のような子供には制限がかかる。もちろん、その抜け穴をくぐって、ちょっと『悪い』画像を見たことは、ゼロではない。けれど。こんな悪趣味な写真は見ようと思ったこともなかった。

啼斗が生まれるよりも前、大きな戦争があって、この世の大半は壊れてしまったのだという。

啼斗達はそれを、授業で習った。

「おい、このビル！」

ひとりのクラスメイトがとあるページ、崩壊しつつあるビルの窓を指さした。高性能なカメラで撮られているのだろう。今にも倒れそうなビルに張り付くように、子供の、影があった。

――この子供は、どうなったんだろう。

ビルが倒れて助け出されたんだろうか。辺りには火も上がっている。死んでしまったのだろうか。

もしかしたら、今も。

窓に張り付いたままなんだろうか。

その時ふっと図書館の灯りが落ちたので、思わず悲鳴があがった。

消灯の時間なんだと気づくまで、しばらくかかった。消灯といっても、間接照明は残って、薄暗いだけだ。

「びっくりさせんなよ」

と強がるような、声。誰もが同じ気持ちだった。重そうな表紙を持ち上げて、皆で本を閉じた。見てはいけないものに蓋をするようだった。そしてその写真については、もう誰も口にしなかった。

児童書のフロアはカーペットにマットが敷かれていた。そこで男女に分かれて雑魚寝《ざこね》の形になる。ソファにも、横になっているクラスメイトがいた。樹陸の姿はないようだった。けど、さすがに、先生はどこかで見てるはずだろうと、啼斗は不安を無理矢理埋め込んだ。

空調は快適に保たれていた。肌寒かったり蒸し暑かったりする自分の部屋よりも、心地よいくらいだ。

クラスメイトの誰もがおもいおもいに本を持ち寄っていたけれど、本には人を眠くさせる効果でもあるようだった。

とろとろと、ひとりまたひとり眠りに落ちていく。あちらこちらに置かれた本の間で。普段なら触れることもない高価な紙の間で眠るのは、なんだか不思議な心地だった。

鞄を枕にして、啼斗は夢を見た。

壁に手をつきながら螺旋《らせん》階段を上がる夢だ。高い高い塔。その壁は一面の本棚。手をつくと、わずかに沈む。一面が本棚だから、この塔の外壁はもしかして、本でできているんじゃないかと不安が襲う。

すると、押さえた右手が、ブロックみたいに抜けた。本が、落ちて。

崩れ出す。壁。天井。足下。天に向けた塔。

下にあるのは海。

(なんで、上に行こうとしてたんだっけ)

確か。

上に、誰かが。

降ってくる、本。落ちていく。身体《からだ》。

「！」

がくん、と衝撃を受けて啼斗の目が覚めた。立てて寝ていた膝《ひざ》が落ちたようだった。よくある目覚めだった。一瞬、見慣れない天井に前後不覚になったけれど、体操服を着ていて思い出した。

ここは図書館のはずだった。

薄暗闇に目をこらして、時計を見る。まだ、十一時を少し過ぎたあたりだった。なんだか身体が硬直しているように感じるのは、慣れないマットと枕で寝たせいだろう。

周りでは、小さな寝息が聞こえるし、眠れなくて寝返りを打っている影もある。ふっと、視線で探したのは、見えるところでうずくまって寝ていたはずの、樹陸だった。

「……あれ」

寝起きでかすれた声が出た。マットがひとつ、もぬけの殻だった。

トイレだろうかと思うけれども、ひとり一枚もらったはずの毛布もまた消えている。

特に理由もないけれど、なんとなく気になって、立ち上がった時だった。

「啼斗くん……」

か細い声が聞こえた。その声を探して首を回すと、本棚の影に、虹子の姿が見えた。

「なにしてんの」

本棚にすがりつくみたいだったから、近くに寄って小さい声で言った。虹子は薄灯りの中でもわかるくらい、戸惑い怯えた顔をして、周りを気にしながらそっと言った。

「……知らない人がいたの」

「え?」

「見たことない、男の子と女の子が、図書館の三階の方に」

啼斗は吹き抜けの上階を見上げた。二階にも三階にも、本の気配しかない。

「見間違いじゃねえの」

寝てない奴もいるみたいだし、と樹陸を思い出しながら啼斗は言った。

けれど虹子は首を振った。

「暗かったけど、うちの学校の子じゃないよ」

だって、金髪だったもの、と虹子が言った。金髪? と啼斗が首を傾げる。確かにうちのクラスに金髪の奴はいない。

寝ぼけてたんじゃねぇの、という言葉を啼斗は呑み込んだ。夢と現実の違いくらい、わかるつもりだったから、そう聞くのは失礼にあたるような気がした。

なぜだか思い出したのは、眠る前に見た写真集だ。張り付いた、子供。

ここは戦争のあとに出来た建物だろうし、壊滅したのは都市部だけ。ここでは、死んだ人なんていない。

頭ではわかっているけれど、その一方で、でも、あの写真集はここにあるんだと思った。

本の質量。存在感。そしてそこにまとわりつく、人の、感情のようなもの。

けれど、それに怯えることは、なんだかひどく情けないように思えた。

だって、紙だ。

どれだけ高価でも、動くことのない、印刷物じゃないか。

「俺、見てきてやろうか」

振り切るようにして、啼斗は言う。

「え？」

と驚いたように虹子が聞き返す。

「でも、誰かいるかもしれないんだよ……？」

「いや」

頭の後ろをかきながら。躊躇《ためら》いがちに。

「むしろ、いないんだよ。……樹陸が」

回りをもう一度見回して、啼斗が言った。

「調子良くなかったみたいだから、一応、探しておこうかって、思ってたところだし」

「ひとりじゃ、だめだよ」

自分をふるいたたせるように、虹子が言った。それから、女子の寝ている場所に行き、

「汐ちゃん」

と汐を起こす声がした。汐は学級委員だし、虹子の親友だ。起こされた汐は、いくつか言葉を交わして、髪をひとつに結びながら立ち上がった。

「別に、来なくてもいいんだけど」

啼斗が目をそらしながら言うと、虹子の手を握った汐が、「今更寝直せないでしょ」と呆れたように言った。

周囲に気を配りながら三人で夜の図書館を歩く。静かな機械の音だけがしていて、いるはずのないものの気配を感じるような気がした。

不思議な反響は、森、砂漠、迷宮のようでもあった。

「暗いね」

という虹子の囁《ささや》きが不思議なほど遠くまで響く。

「LED灯があるだろ」

と啼斗が不安を誤魔化すように言った。

廊下の端にあったLED灯を、蹴《け》り上げるように手に取る。それは緊急災害用に家にも学校にも常備されているものだった。停電が起こった時には子供でも使えるよう、使い方もわかっていた。壁際、扉付近の足元にあるのが普通で、やはり図書館にも設置されていた。

明るい光が足元を照らすと、周りの暗さが一段濃くなった気がして、目をしばたかせる。

自然と、一番前を歩くのは啼斗になった。後ろを、汐と虹子が手をつないでついてくる。歩きはじめながら、啼斗はなぜだか、小さい頃に見たヒーローのことを考えた。悪者をやっつける、正義の味方のこと。オンラインゲームでは、啼斗もそんな役割だけれど、現実世界は回復魔法もないし、変身スーツだってない。倒せば平和になる敵だっていないから、友達ひとり、大丈夫だって安心させることも出来ない。

そういうものだって、わかっているのに、もどかしい。

本棚はまるで大きな迷路のようだ。傍《かたわ》らに手をかければ、崩れ落ちる夢を思い出す。身震いを小さくして、一通り一階を見回ってから、

「上、行ってみるか」

と啼斗が言った。汐と虹子が頷《うなず》いたのが、暗がりでもわかった。虹子が金髪の子供を見たという二階へ、階段を上っていく。上から見下ろすと、特に壮観だった。目をこらすけれど、樹陸らしき影は見当たらない。二階は全集などが多いのか、並ぶ背表紙も統一のとれているものが多かった。

「……樹陸くん、本が、嫌いだったんでしょ?」

一冊を本棚から引き抜きながら、虹子がおさえた声で呟《つぶや》いた。

「なのに、こんなところで、ひとりで寝られるかな……」

啼斗も、それは少し考えられないことだと思った。

「トイレ見てくる」

二階にも多分トイレがあったはずだから、と汐と虹子を残してひとり歩きはじめた、その時だった。

「止まれよ」

いきなり、声が降ってきた。驚いて、啼斗が非常灯を落としかける。振り返ると、汐と虹子も手を取り合って硬直している。

「そっちじゃない」

もう一度、声。同じフロアじゃない。もっと、上……そう思ったけれど。

「足元」

そう、重ねて降ってきた一言に、思わず下を向くと、足元、一冊の本が、落ちていた。前ばかりを見て気づかなかったのだ。

「ぜったい、踏むなよ」

今度こそ、ライトを声の方、三階のフロアにあてると、「あ！」と虹子が声を上げるのが聞こえた。

三階の、ガラス張りのドーム型の天井を背負って。子供が、ひとり立っていた。

啼斗達とは、そうかわらない背丈の。

月みたいな、金色の髪だった。

「誰だ……？」

啼斗が呟くと、少年が顔をしかめて、背中を気にした。すぐ後ろに、長い金の髪が隠されている、と啼斗が気づいた。

「誰だっていいだろ」

返ってきたのは冷たい返事だ。

外国の子供を直接見るのは、はじめてだった。その口から流暢《りゅうちょう》な日本語が流れることが、不思議なことのようにも思えた。

「どこの学校の奴だよ！」

聞いても仕方のないことだった。けれど、少しでも相手の情報を得ることで、安心をしたかったのだった。

金髪の少年は、静かに答えた。

「ここが、俺達の学校だ」

啼斗は困惑をするばかりだ。ただ、

「俺達」という言葉にやっぱり、と思った。彼の背後に隠されるようにもうひとり、やはり金髪の子供がいると確信したのだ。

「ここに、住んでいるの？」

汐が、緊張した声で尋ねた。

「住んでない」

短い言葉で金髪の少年が答える。

「……でも、今夜は」

細められたのは灰色の目だった。

「泊まっていってもいいって言われたんだ」

不気味だった。不可解だとも思った。けれど、なぜか、怖いとは、思わなかった。

それは、月の色をしたその子供が、綺麗だったからかもしれない。

幽霊でも、宇宙人でも。

悪いもの、のようには思えなかった。

「なぁ、この図書館、詳しいのか？」

落ちていた本を抱えて埃《ほこり》を払ってから、啼斗が聞く。

「そりゃ」

思わず、というように、少年が答える。

「お前らよりは、よく知ってるよ」

と、馬鹿にするように、小さく肩をすくめてから、つけ加えられた。

啼斗は一歩踏み出す。

「俺らの他に、同じ体操服で、ひとりでいる男子、見かけなかった？」

髪がちょっと長くて、タブレットを持ってるクラスメイトを探してるんだ、と啼斗が言うと、金の髪の少年はじ……っと啼斗の顔を見た。ＬＥＤ灯の逆光の中で、何かを読み取ろうとするかのようだった。

そしてしばらく考えてから。低い声で言った。

「……知らない」

それから、少年は冷ややかに啼斗達を見下ろすと、断じるような命令調で言った。

「いいから、本は踏むな。乱暴に扱うな。間違ったところに戻すな」

遠く、一階のホールで眠るクラスメイトも睨《にら》むようにして。

「お前らみんな、ここにある本の価値もわからないんだ。ワルツさんの仕事を増やすだけなら最初から図書館になんて来るな」

ずいぶん意地悪で、ひどい言い方だと啼斗は思った。こっちだって、来たくて来ているわけじゃない。宿泊体験はシラバスで取り決められているカリキュラムの一環だし、もっと面白いところにいけるならそっちの方がよかった。

そして彼は言うだけを言って、啼斗達にはもう興味をなくしてしまったかのように身体の方向を変えて、背後にいたもうひとりの手を引き立ち去ろうとした。

「待てよ」

啼斗が少年を呼び止める。ぴたりと動きを止めて、灰色の目だけで、振り返るのがわかった。

腹が立つことを言われたような気がするけど、別に、喧嘩《けんか》をしたいわけじゃない。

「この図書館に詳しいなら、俺達のクラスメイト一緒に探して欲しいんだけど」

「啼斗……？」と背後で汐が問うような呼び方をしたけれど。ここまで言われて、言い逃げされるのは嫌だと啼斗は思っていた。

は？　どうして自分が、という顔を少年はした。たたみかけるように、啼斗は言葉を重ねた。

「そいつ、喋れないんだよ」

だから、なにか困ってても声を上げることは出来ないんだ、と啼斗は言った。同情を引いたつもりだった。ここで見捨てるのは、ひどい人間だという、言い方をした。

図書館の少年は黙って、またじっと啼斗の顔を見た。その手を、傍らの少女が引いた。

少年は、その少女の顔を見て、言葉は交わさなかったけれど、ため息をひとつついた。そして、手をしっかりと握って、近くの階段から降りてきた。

近くで見ると、髪の細さと肌の白さが特に印象的だった。

「探すなら、ワルツさんに聞けばすぐだと思うけど――」

まだ納得していないのか、目をそらしてそんなことを言った。そして、低い声で。

「……ワルツさんの、仕事、これ以上増やさせるわけにはいかないから」

それが、手伝ってくれるという、答えのようだった。了承の気持ちを込めて、こくりと啼斗は頷いた。いけ好かない奴だけど、こっちのやることをじろじろ監視されるよりはよかった。

それから、少年は啼斗に手を伸ばした。片手で抱えてる本を、貸せと言っているようだった。

その腕の細さに、少し啼斗は目を見開いた。

渡すとそれを丁寧に眺めて、本棚に返す。確かにその手つきは、ずいぶん慣れたものだった。

「名前は？」

啼斗が尋ねると、「……アダム」と低い声で答えが返る。それから、視線だけで隣を見て。

「あっちは、エヴァ」

と言った。その先には、金の巻き毛の少女がいた。

「こんばんは」

汐と虹子が、エヴァという名前の少女を覗き込んで声をかけている。エヴァは両手を後ろでつないで、もじもじと頭を振っていた。

「可愛い」

「天使みたい」

汐と虹子はエヴァをずいぶん気に入ってしまっているようだ。確かに、アダムととてもよく似た顔で、少し頬がふっくらとして、身体が一回り小さくて、髪がふわふわと長い、エヴァは、羨《うらや》んだり妬《ねた》んだりするのとは対極の位置に居る生物のようだった。

アダムはちょっと距離をあけて、エヴァと女子を眺めていた。それから、視線ははずさずに啼斗に問いかける。

「いなくなったの、どんな奴?」

「樹陸って名前。毛布ごといないから、どっかで寝てるなら、それでいいんだけど。……そいつ、本が、嫌いらしくって」

暗がりの中でうずくまっていた影を思い出す。脂汗の浮かんだ、青い顔。

「ここに来て気分が悪くなってたから、なんかさ」。心配で、という言葉が、うまく出てこなかった。

「本が嫌い?」

とアダムが聞き返す。まるで、意外なことを言われたようだった。しばらくひとりで考えてから、そんなこともあるのかもしれないと、結論が出たらしい。

「喋れないってのは、なんで?」

すると次は、もっと直接的なことを聞いてきた。啼斗が答えるために口を開いたけれど、上手《うま》い言葉が喉から出ないでいると。

「病気よ」と、言ったのは汐だった。多分、汐には悪気がなかったんだと思う。いつも手を上げて先生の質問に答えるみたいに、正しいことを言うように。「そういう病気なの」とはっきり言った。アダムがふっと眉を寄せて、乱暴にエヴァの腕を引き寄せた。

「喋れないのが、病気だって?」

エヴァは、心配そうにアダムと汐を交互に見ている。

「エヴァも、あんまり喋るのは上手くない」

そういえば、これまでまだ一度も、エヴァの声を聞いていないことに気づく。汐は、少し気まずそうに虹子と顔を見合わせた。

「でも、俺より本は読める」

そうアダムが言い捨てると、エヴァの手を摑《つか》んだまま、啼斗に向き直った。

「寝るまでは館内にいたんだったら、館の外に出たとは考えにくい。サエズリ図書館は閉館してしまうと、ワルツさんしか開館させられない」

それは中からも外からも一緒だ、とアダムが言う。

「一階はもう探した？」

「大体は……」

「どういうところを？」

「えっと、本棚の、間とか」

「本が嫌いなんなら、そんなとこにはいないだろ」

馬鹿にするみたいにアダムが言った。啼斗はカチンときたけれど、啼斗自身も、それから汐も虹子も思っていたところだった。

「本がないところを探そう」

「図書館で？」

本がないところなんてあるのか、と啼斗が聞き返すと、「せめて、視界に本が入らないところだよ」とアダムが言い直す。考え込む、その整った横顔を、ぼんやりと啼斗は見つめた。

「この建物は吹き抜け構造だから、見晴らしがすごくいいんだ。三階にいても、ホールから入ってくる人間が見える。二階と三階の資料室には鍵がかかってるはずだから……。トイレとかにいないなら、あとはやっぱり一階ホールじゃないかな」

「オーディオルームにはいなかった」

啼斗が言う。一番最初に見に行った場所だった。消灯前に、樹陸がうずくまっていたところ。

「じゃあ、カウンターの周りか、事務室……にも、本は結構あるはずだから」

アダムは確かに、図書館の中にずいぶん詳しいようだった。螺旋階段を降りて、一階のホールに戻る。その中で、啼斗は気になっていたことを尋ねた。

「……シーセルは？」

「は？」

アダムが振り返る。

「アダムも、先生にシーセルを取られてるのか？」

啼斗が見たのはアダムの手首だった。

啼斗の腕には、シーセルの跡がくっきりと残っている。日焼けをまぬがれて白く切り取られるように。汐や肌の白い虹子だって同じだった。

けれどアダムは、その日焼け跡がどこにもないようだったから。

アダムは小さく首を傾げ、驚くような聞き返し方をした。

「シーセルって？」

目を丸くして驚いたのは啼斗だけではない。すぐ後ろにいた汐や虹子も同じだった。

「シーセル知らないの？」

「だから、なんだって」

「腕につける、携帯端末。持ってるでしょ？」

当然のように汐が言うけれど、アダムは振り返らずに素っ気なく「持ってない」と答える。

「えっ、じゃあ、メールとかどうしてるの？」

「家に帰ったらパソコンがある」

あんまり、使わないけど、とつけ加えたのもまた、驚きだった。携帯端末を持っていないってことは、メールやゲームが出来ないだけじゃない。なにかあった時に緊急の連絡手段もないし、発信手段もないということだ。

「外国人だから?」

と汐が見当違いであろうことを言った。アダムが小さく笑った。思い出し笑いのようだった。

「そういや、あんたの先生も、最初びっくりしてたっけ」

アダムは古藤先生を知っているようだった。そのことに、少しだけ啼斗は驚いた。

しっかり妹の手を握りながら、浅く笑うようにして、アダムは言った。

「手錠みたいの、重そうだよな」

啼斗達には、返す言葉もない。重いかどうかなんて、思ったことはなかった。ないと困る、不安だと思ったのはサエズリ図書館に来てからだ。

普通なら、手放すことはあり得ないものだから。もしもこのまま樹陸が見つからなくても、シーセルをつけていれば、先生は教育者権限で位置情報を認識できるはずだった。逆に言えば、今はそれも出来ないのだ。

指先まで粟立《あわだ》つような不安が湧く。

先頭はアダムに任せて、いろいろサエズリ図書館の中を見てみたけれど、樹陸の姿は見当たらなかった。

一階のホールを見回して、ぽつんとアダムが言う。

「地下は？」

え？　と啼斗が聞き返す。

「書庫だよ」

あそこには、それこそ、本しかないけど。そう言いながらも、アダムは考え込むようだった。

「あたし達、みんなが起きてる時に地下にも行ったけど……」

汐がぼそぼそと呟き、虹子が引き継ぐ。

「本、ばっかりで、私達もちょっと怖かった……」

啼斗は行かなかったし、興味も特になかった。

「でも、本が視界に入らないっていったら……」

そう呟くアダムの手を、エヴァが、引いた。二人は顔を合わせて頷くと、「行こう」と歩き出す。

サエズリ図書館の地下。古い古い本が、眠る場所に。

この世に、紙の本はもう時代遅れとなってしまった。辞書も教科書も板書も、すべて端末が担ってくれる。

啼斗が生まれるもっと前には、本はもっと盛んに作られていたし、たくさんの人が読んでいたらしい。

レアなものを、好きになる人もいるってことだ。それくらいしか、啼斗にはわからない。そして、地下であるサエズリ図書館の書庫には、その、本がたくさん作られていた時代の本があるらしい。

啼斗達が足を踏み入れると、音も立てずに地下の灯りがついていく。

「ここには窓がないから、昼も夜もない」

そうアダムがひとりごとのように呟いた。

啼斗は何度もまばたきをした。

木の、本棚。

そこにびっしりと詰まった、怖いほどたくさんの本はどれも、その背中を見るだけでわかるほど年月を感じさせた。

怖い、と虹子が言うのもわかるような気がした。

確かに窓がないけれど、空調が効いているのだろうか。息苦しさは、不思議とない。

「蔵書点検前だからって、書庫まで開放するなんて、ワルツさんはサービスが良すぎなんだよな」

不機嫌そうに、アダムが言う。

「ここの本は、価値のわからない奴らに触らせていいものじゃないのに」

責められているのはまさに自分達だろうと思って、啼斗は居心地の悪さを感じた。

「でも、俺らだって、来たくてこんなとこに来たわけじゃ……」

「来たくならなかったら、一生来ないだろ」

階段の半《なか》ばで立ち、書庫の本棚を眺めながら、アダムが言う。

「食い物と違って、無くても生きられるもの、黙ってたら誰もくれないよ」

淡々と、事実だけを告げるようにアダムが言った。別にそれを、悲しんでいるわけでも、怒っているわけでもないようだった。

「出会おうとしないと、もう会えないもんなんだ。本は」

それを事実として、受け止めて、嚙《か》みしめるように言った。

「だから、ワルツさんは、サービスを続けているんだ」

この図書館は、珍しい場所だ。電子書籍が主流となり、本が高価なものとなってしまったこの時代に、無償で、子供にも大人にも分け隔てなく本を貸し出している。

ただ珍しい場所なんだと、単純に啼斗は受け止めていたけれど。

「なんで、そいつは、本が嫌いなの？」

啼斗を振り返り、アダムが言った。

言葉を選びながら、啼斗が答える。

「わかんない。喋らないし……」

理由なんて、あるのかどうかもわからなかった。

逆に、聞いてみた。

「アダムは、学校が嫌いなのか？」

「学校？」

驚いたように聞き返される。本当に、不思議なことを聞かれたような顔で。

「世の中の……お前達が通ってる学校だったら、好きでも嫌いでもない。行ったことがないから」

そう返事されて、啼斗ははっとした。

そうだ、知らないものは、好きでも嫌いでもないはずだ。だとしたら、樹陸は、本に対してなんらかの関わりがあったということだ。

「学校、行ってみたいとは思わないの？」

と後ろから口を挟んできたのは汐だった。アダムは小さく首を傾げて、

「行ってみたいと思ったこともないし、行かなきゃ困るって思ったこともない。エヴァは、一度見た本を、全部暗記出来るから」

「えっ」

啼斗達はみんな驚きに動きを止める。エヴァを振り返って見るけれど、小さく頷くだけで、否定することはなかった。

「……アダムも？」

おそるおそる啼斗が尋ねるけれど、アダムは小さく肩をすくめて、

「俺はそんなことは出来ないよ」

と軽く流した。それからその、綺麗な横顔で口元に指をあて、

「でも、それでも先生は、学校には行った方がいいって、言ってたっけか……」

と呟いて、振り返る。

「あの先生の教える勉強って、どんな感じ？」

啼斗達は顔を見合わせる。虹子がおずおずと口を開いた。

「古藤先生は、変わった授業をよくしてくれるの。夏休みの宿題も面白かったし、この宿泊体験だって……」

『自分に似た本を探す』という宿泊体験の課題を話すと、アダムは少し考えたあとに、

「俺らは、じゃあ、あれかな」

迷いのない様子で、奥に向かうと書棚から一冊の本を取り出した。

『ハイ・ブランドのこどもたち』

というタイトルだけが、啼斗達の視界に入った。その本がなにかと啼斗が問う前に、本を持ったアダムの手を、エヴァが引いた。

そして指をさす。大きな本棚の、奥に。背の高い本を取るための、可動式の階段があった。

「……よっと」

エヴァの手を放し、アダムがその階段を上る。一番上の段まで来てから、まだ頭上にある、本棚の天板に手をかけて。

「……怒られるかな」

そうぼやきながらも、靴をぽいぽいと脱ぐと、階段の取っ手に足をひっかけ、身軽に上って

しまった。

「あ、アダム?」

驚いて啼斗が思わず名前を呼ぶ。汐と虹子もぽかんと口をあけていた。

「やっぱり」

それだけ言って、身軽に降りてくると、啼斗の肩を摑んで、押すようにした。

「上だよ」

その言葉に驚き、慌てて啼斗も階段を上って靴を脱ぎ捨て、本棚の上に。

天井と本棚の間は、立つことは出来ないけれど立て膝が出来るくらいの距離があり、その壁際に。

「樹陸!」

毛布にくるまる、樹陸の姿があった。

「おい、大丈夫か?」

下で待っている汐と虹子にいたよと告げて、肩を揺らす。樹陸は前見た時ほど悪い顔色はしておらず、すぐに目を覚まして、まばたきをした。なにか言えよ、と思うけれど。そうだ、言えないのだ。大きく息をついて、啼斗は座り込む。

「こんなとこで寝てたのか」

下の汐が、アダムにどうしてわかったのと聞いている。

「一階の本棚は細いけど、こっちは奥行きがあるし、第一、天井があるから、棚の中の本がちょうど、死角にあたる」

汐と虹子の感嘆の声が本の隙間に消えていった。樹陸が抱えていた端末の電源をいれて、そこに文字を打ち込んだ。

『なにしに来たの』

啼斗にとっては、どっと疲れが出るような言葉だった。啼斗が投げやりに俯いて言う。

「探しに来たんだよ……」

樹陸は言葉にしなくてもわかるほど不思議そうな顔をした。

『なんで』

そう言われると、ああ確かに、なんでだろうなと、啼斗も思うのだった。もどかしくなって、怒鳴るみたいに言ってしまう。

「お前こそ、なんでこんなとこで寝てんだよ！」

啼斗の言葉に、樹陸はほんの少し、自分の中の言葉を探すようにして。それから、こう書いた。

『本が見えないところに行きたかった』

「そんな……」

まだ何事か言い募ろうとした啼斗の隣に、

「大丈夫か」

と四つん這いで現れたのはアダムだった。見知らぬ顔、しかも金髪で灰色の目の美少年が突然現れて、樹陸がぎょっとしたのがわかった。

アダムは樹陸の端末に視線を落とすことはせず、その、ビー玉みたいに色素の薄い瞳でまっすぐに樹陸を見て言った。

「ああ、俺はアダム。この図書館にいつも通ってるんだ。今日は、近くの小学校の宿泊体験があるから、俺と、俺の妹も泊まってもいいって司書のワルツさんに言われて……」

樹陸の顔には困惑が浮かんでいる。「だから、こいつ喋れないんだって、端末を見てやんないと、」と啼斗の言葉を遮《さえぎ》って、アダムは続けた。

「こいつと、下にもお前のクラスメイトがいる。お前が、心配で、探しに来ている」

そう言われて、静かに、かすかに、けれどはっきりと、樹陸の表情が変わったのがわかった。

軽い驚きと、戸惑いと、それから――？

アダムは頷いた。

なにも言わなくても、言葉にしなくても、なにかを読み取っているようだった。なにからだろう。

「視界にもいれたくないくらい本が嫌いなんだったら、本を見なくて横になれるのはここくらいしかないと思う。ひとりでここにいる方が楽だったら、俺達も戻るけど」

その問いに、ゆっくりと樹陸は首を横に振った。『もう、ここにはいない』という意味だった。啼斗達と、一緒に地上に戻ると。

それが、端末に打ち込まれたわけでもないのに、啼斗にもわかった。なんだか不思議だった。

三人で可動式の階段から降りると、汐も虹子もよかったと声を弾ませた。樹陸が元気な顔をしていたのならよかったのだ。

どうして隠れてしまったのかは追及しなかった。

欠伸《あくび》を嚙み殺しながら、みんなで書庫から出て、汐と虹子は女子の眠っている場所に戻るようで、

「エヴァちゃんも一緒に寝る？」

と誘った。誘われたエヴァは、目を丸くして、ぴゅっとアダムの後ろに隠れた。

「あら」という女子達に、アダムが軽くエヴァを振り返り、

「行かないけど、ありがとうって」

と二人に伝えた。

「嬉しかったってさ」

それは誰も聞き取れなかったエヴァの声だった。汐と虹子は「またね」と言って手を振った。またね、きっとこの図書館でまた会える。

他のクラスメイトも、もうあらかた寝入ってしまっているのだろう。図書館は静まりかえっていた。けれどこのまま眠りに行くのもなんだかおさまりが悪くて、

「二人はどこで寝るんだ？」

とアダムに尋ねた。

「今日は寝ないつもり」

と唇の端を曲げてアダムは笑った。

「だって、夜の図書館なんて、特別すぎるから」

こんな夜は寝ていられるわけがない。

その言葉に、啼斗は一瞬考えて。

「俺達も」

毛布を抱いたままの樹陸を振り返って言った。

「俺達も、寝ないってのはどうだろ」

樹陸が目を見開く。長い前髪の下で、あ、こいつこんな顔をしていたんだなと、啼斗は思った。

本が怖くて眠れないなら、本の森で眠らなければいい。

それもまた特別なことじゃないか。

それから一晩、樹陸と啼斗はアダムとエヴァも一緒に、ホールの三階のソファに本を広げて過ごした。一度古藤先生が見に来たけれど、一緒にいるアダムとエヴァに驚いた様子もなく、

「明日寝坊するんじゃないよ」

とだけ言い残し、笑って戻ってしまった。

薄暗い図書館の中でも、まだぼんやり明るい間接照明の下で、頭の影にならないようにしながら、本を広げる。アダムが好きな本だという古い図鑑は、彼の灰色の目をページに縫い止めるようだった。

「なぁ、エヴァ、って、読んだ本を全部覚えられるって、マジな話？」

さっきから気になっていた。

「信じられなかったら、適当に一冊持ってきたらいいよ。あんまり漢字が難しくない奴」

「難しくない、って……」

立ちあがって近くの棚を見ていくと、ちょうど写真集の大型本がおさめられている場所だった。啼斗は適当に一冊、黒い背表紙の写真集を選んだ。一ページ一ページが厚くて、大したページ数ではないのに重さがあった。質量。

どうやらそれは高名な人形作家の人形写真であったようで、その無機質さ、つややかさに啼斗は一瞬ひるんだけれど、それを悟られたくなくて、「じゃあこれで」とエヴァに渡した。

「写真集か。あんまり読むところはなさそうだから……」

覗き込みながら、啼斗が何事かエヴァに言った。エヴァの顔は、大きな本に隠れて見えなかった。すでにエヴァは写真集を「読み」はじめていた。

ぱら、ぱら、ぱら。そのくらいの速度でページを開き、本を閉じると、その本をもう一度啼斗に渡す。

アダムがそのゲームのやり方を伝えた。

「好きなページを選んで、指定して。そのページの写真についているキャプションをエヴァが読み上げる」

そんなことが出来るわけがない、と啼斗は思った。この短時間だ。ひとつのページを見ていた時間なんて、数秒だったのではないか。

まったく信じられない気持ちのまま、啼斗は半ばよりも少し後半のページを選んで、そのノンブルを読み上げた。

エヴァは、灰色の目で中空を見ている。

そのページに見開きであった写真は、眠る、美しい少女の人形だった。

写真に添えられた、キャプションは——。

「——〝のちに、人形師はこう語っている。自分以外の生とは、自分が決めているのだと。あるいは自分の生でさえ。私が死んだら私の中で人形達も死ぬだろう。私が生きている間にさえ、あれらは死ぬかもしれない。ただ、私の中で、死を看取らせてくれるから、それは喪失ではなく獲得の死であるのだと〟」

はじめて聞くエヴァの声は、天使の歌声のような繊細さがあった。朗々と、少し独特で平坦な調子で語られる、謡《うたい》のようなそれ。

「すげえ」

啼斗は無意識のうちに呟いていた。いつの間にか、樹陸もその朗読の正確さを確かめるために本を覗き込んでいる。吸い寄せられるように。

そのことにも、啼斗は驚いていた。

だって、あんなにも、嫌いだった本を。こんな形で、読もうとすることがあるなんて。

それはまるで、魔法のような夜だった。魔法だとしたらなんの魔法だろうか。エヴァの？

アダムの？　それとも、本の？

　そう、本。本に囲まれて眠ることなんて多分一生のうちもうないだろう、と啼斗は思う。たった一冊の本で、自分の人生は変わらないかもしれない。けれど、クラスメイトにひとりくらい、人生が変わるやつがいるのかもしれないとも思う。

「樹陸も、読んでみる？」

　啼斗が言うと、びくっと樹陸が身体を震わせ、身を反らした。

「嫌なら嫌で、無理に読むことなんかないだろ」

　そう静かに言ったのは、アダムだった。

「だってそれは、本に気持ちがあるって、ことなんだから」

　嫌いになるくらい、大きな気持ちが。

　啼斗の持っていた本に、エヴァが手を伸ばしてきたので啼斗は渡した。再度その本をめくりはじめた、美しい横顔を見ながら、全部を覚えたってもう一度読みたくなるものなのか？　と啼斗は不思議に思った。

「中身を覚えたって、何度読んだって、面白いんだよ」

　アダムが言うその言葉に、今度は啼斗はアダムの方を見て言った。

「アダムって、人の心が読めたりすんの？」

　その、突拍子もない言葉に、ぴくっと、アダムの顔が歪《ゆが》んだ。暗がりの中で、それを、啼斗の視線がとらえた。

「なんで？」

とアダムは聞く。

「いや、」

なんとなく……と気まずさに頭をかきながら、啼斗が言うと、アダムはしばらく言葉を探すように目を泳がせてから、やがて観念したように言った。

「俺は、別に、人の心が、読めるわけじゃない。……けど、色が、見えるんだ」

「色？」

啼斗が聞き返す。アダムは、啼斗の顔から視線をそらし、なにかを避けるように片手で自分の額を押さえながら、とつとつと言った。

「顔を見たら、感情が、色になって、見える。嬉しいとか悲しいとか、寂しいとか苦しいとか。誰だって見えると思ってたけど……」

「そんなの」

あるわけない、と啼斗は思う。それが顔に出ていたのだろうか。

「別に、信じなくたっていい」

指の隙間から啼斗の顔を見たアダムは、少しだけ自嘲気味に笑って、言った。

「けど、端末の入力じゃなくて、顔を見た方が、『読める』ことも、あるんじゃないか？」

そのことに、啼斗ははっとした。

無機質な、電子の画面では届かない、心。感情。

そこに見えるものは、あるだろう。きっと。それはそうだけれど。

「でも……俺達は、やっぱり、樹陸とも、話がしたいから。端末があってよかったとも、思うよ」

啼斗の言葉に、こくりと、樹陸が頷く気配がした。それを、顔を見なくたって、啼斗はわかったし、色が見えるって、こういうことかもしれないと思った。

同じように、アダムの表情が、ふっとやわらかくなったのが、わかったから。

「そうだよな。本も、端末も、あってよかったものだよ、きっと」

それから四人でめいめい寝転がったり座ったりしながら、時に視線だけで、時に端末の文字で様々なことを話し合った。

やがてエヴァはソファで眠ってしまったようだった。そうっと樹陸がその肩に、毛布をかけてあげた。

それからもたくさんの本を眺めた。読みふけることもあれば、触れるだけの本もあった。贅沢な時間だった。

いつしか少しずつ、樹陸も本を覗き込めるようになっていた。彼の目を引いたのは、有名な動物記で、親子の狼の話を薄い目で読んでいた樹陸が、唐突にとある言葉を端末に打ち込んだ。

『読書療法って知ってる？』

「どくしょ……なんだ？」

「りょうほう」

と言ったのはアダムだった。どういう意味？　と啼斗は思う。けれどアダムは知っているのか、知らないのか。説明はしなかった。

代わりに、樹陸が、

『本を、読ませたら』

早口で喋るみたいに、指を動かし、文字を打ち込む。

『僕が喋るようになるんじゃないかって、母さんが』

そこで、指を止める。啼斗は何も言えなくて、ただ唇を尖らせた。重苦しい沈黙のあと、樹陸は続けた。

『結局喋れなかったし。すぐ別の、違う治療法を探しはじめたけど』

その結果は、どうだったのだろうか。今、樹陸は喋れないのだから、答えなんてわかりきっている。

本が嫌いな樹陸は、つまらなさそうな学校よりも家が嫌いだと言っていた。

優しそうな母親だった。優しいからいい母親だとは、限らないのだろう。悪い親だから、好きではないわけだけでも。

「本は、人の心の薬になることがある」

片膝を抱えたアダムが、静かに言った。

「けど、それは本以外だって、そうだよ」

本だけが特別なわけじゃない、ワルツさんだってそう言う、とアダムは続けた。あの、優しそうな、この図書館の司書さん。

「誰にとっても、本が特別なわけじゃない。けど、あの、ワルツさんの……本を思う気持ちは、特別だって、俺は思うし」

そういう薬が、お前にも、いつか、なにか、あったらいいんじゃないか。

本でも、本じゃなくてもいいから。

喋れなくたっていいから。

アダムの言葉に、樹陸はすぐには返事をしなかった。俯いたままの、その表情に浮かぶ色を、アダムは見ているのかもしれないと啼斗は思う。

『母さんが』

そんな言葉を、樹陸が打ち込んだのは、またしばらく経ったあとだった。

『俺が、まだ小さかった頃に、あんまり俺に喋りかけなかったから』

樹陸の言葉は、たどたどしかった。けれど、その夜眺めた、多くの文字や、文章が、それを引き出したようだった。

『端末、ばっかりいじってたせいだって。だから、俺が喋れないのも自分が悪いんだって。よく、泣いてる』

だから、家にいるのが、嫌なんだ。

そんなの、と啼斗は思った。

「そんなの関係ねぇだろ」

関係ない。あったって仕方ない。泣かなくていい。

「……本当に本が、必要だったのは、お前の母さんなのかもな」

アダムが本に視線を落としたままで、そこに浮かぶ色までも読み取ろうとするかのように呟いた。

がむしゃらに、子供に読ませようとするのではなくて。

「今度、一緒に来たらいい」

とアダムが穏やかな表情で微笑んだ。そうしていると、生来の美しい目鼻立ちもあいまって、彫刻のようだった。

「本は、絶望によく効くって、ワルツさんは言ってた」

読んでも、読まなくてもいいから。

うん、と小さく、樹陸が頷いた。顔は見えなかったけれど、でも、わかる、と啼斗は思った。

結局樹陸は、その動物記を、自分と似た本だということにしたらしい。少し過保護な母狼とだめな子供の狼が、自分と似ていると。

それから、啼斗は？ と視線だけで、樹陸が尋ねてきた。どうしてだろう、啼斗には、その声が聞こえるような気さえしたのだ。

きっと夢うつつのことなのだろう。

多くの本で巣をつくるみたいにして、いつしか啼斗は、眠りについてしまっていた。

結局、啼斗は『自分に似ている』本を一冊、決めることが出来なかった。授業では、そのままを発表した。

本が、多すぎて見つけられなかった。

だからまた、図書館に行って見つけたい、と。

後日、「発表、ワルツさんも映像見て喜んでたよ」と教えてくれた古藤先生に、啼斗はひとつの質問をした。

「先生、ハイ・ブランドってなんですか？」

問われた古藤先生は、眼鏡の奥の目を細めた。

「ブランドっていうのは、特定の生産者や、作成者でつくられた品物で、ハイブランドはその中でも、高価なものをさす言葉だね」

それは、啼斗がシーセルで調べたことと同じ答えだった。でも、そうじゃなくて、ともどかしさを顔に出すと、古藤先生は身をかがめ、説明をしてくれた。

「他には、人為的な遺伝子操作と、人工授精によって、よりすぐれた個体を作り出す技術がある。わかる？　人の手で、科学で、より優れた人間を作り出そうとした。そしてそれによって作り上げられた子供を——ハイ・ブランドと呼んだのは……君達が生まれる前、戦争よりも前のことだよ」

じっ……っと啼斗は古藤先生の眼鏡《めがね》、そこにうつる自分の顔を見ながら、考える。

人の手で、より優れた人間を。

気持ちが色で見えるというアダム。

見ただけですべてを覚えることができるエヴァ。

彫刻のように、美しい少年と少女。

それでも、彼らにだって本が必要なのだ。——絶望に、押しつぶされないように。

啼斗がどうしてそんなことを聞いたのか、古藤先生はそれ以上深くは聞かなかった。ただ、
やわらかい微笑みで、首を傾げて。

「図書館の子達とは、友達になれそう?」

と聞いた。

「わかんない」

と啼斗は正直に言った。

友達に、なれるかはわからない。本が好きかどうかも。好きになれるのかどうかも。

「でも、今度の休みにまた、樹陸と一緒に、図書館には行くつもり」

その言葉に、古藤先生は、満足そうに笑った。


さえずり町に行こう。

ひとりでもいいし、誰かとでもいい。

魔法のような夜が明けても。
ヒーローじゃなくても。
世界なんか変わらなくても、未来なんて見えなくても。
サエズリ図書館には、本があるから。

番外編　ナイト・ライブラリ・ナイト　真夜中の図書館のこどもたち

終

単行本版あとがき

私達は長い間、治らぬ病にかかっています。

それは、「いつか本がなくなってしまうのではないか」と思い悩む病です。

不思議なことに、この病は本が好きな人しかかかりません。本を愛する人だけが、怯え、危惧《きぐ》し、未来を悲観し、惑います。本に馴染《なじ》みのない人達は、ただの時代の流れとして、振り向くこともありませんでした。

私自身は、本の死をおそれたこともあったけれど、「そんなはずはない」と思っていました。何度訪れる「電書元年」も、本を駆逐することなど出来ない、と。

けれど、二〇一一年の春、この国をおそった震災の中、もしかしたら、本はなくなるのかもしれない、と思いました。もちろんそんなことはなく、未来のことも、わからないけれど。混乱と不安の中で、今、この物語を書きたいと思いました。

おだやかで、やわらかな、サエズリ図書館のお話を。

そしてそこに生きる、本を愛する人の物語を。

私が図書館に勤務していたのは、しばらく前のことです。

毎日愉快に忙しく、本に囲まれ働きながら、「探している本がどこにあるのか、手に取るようにわかればいいのに」と思っていました。ワルツさんが出来上がるきっかけはそんなささやかな願望でした。なかなか書く機会に恵まれず、あたため続けてきたのですが、星海社さんの「最前線」というWEBサイトを拝見した時に、この物語にふさわしいのかもしれないなと思いました。

文芸の最前線たる、WEBサイトから。一冊の本を、お届けしたいと。

本が出来上がるまで、根気強く物語と向き合って下さった、星海社の山中《やまなか》さん、イラストを引き受けて下さった、sime さん。本当にありがとうございます。

サエズリ図書館と、ワルツさん。もったいないほど美しい本になりました。

物語は、何度でも、問いかけます。

電書ですか？　本ですか？

彼女達は、何度でも、答えます。

やはり、本です。

これは、その理由を語り続ける、シリーズです。

二〇一二年七月　紅玉いづき

文庫版あとがき　それでもこの手に本を抱いて

はじめてワルツさんに出会ったのは、強い不安、そして深い悲しみの中だったような気がします。はっきりと、記録が残っているわけではないのだけれど。

読み返しながら、当時の、荒涼とした景色を思い出しました。

――美しい図書館にいる、素敵な司書さんを書こう。

それが、この物語を書きはじめた原点だったのでしょう。

私は当時、司書でこそありませんでしたが、長らく勤務していた図書館で、「ワルツさんのような司書さんがいたらいいのに」と何度も思いました。

そして、このあとがきを書いている今、地元に新しく開館した図書館は、不思議とずいぶん、サエズリ図書館に似ているのです。

長い時間をかけて、まるでここが、たどりつくべき未来であったというように。

『サエズリ図書館のワルツさん』は星海社より二〇一二年に刊行され、その後二巻を書いたあと、しばらく書くことはありませんでした。

けれどある時、東京創元社の元・相談役である戸川安宣《とがわやすのぶ》さんが突然現れ、「僕はこの本が好きなんです」とワルツさんの一巻を差し出してきました。

私は驚きながらサインをいれ、戸川さんの導きで『現代詩人探偵』というミステリ小説を書きました。それからまた年月が経ち、当時のご縁もあって、こうしてこのシリーズを再編集の上、文庫化していただく運びとなりました。

文庫化にあたっては、私から「表紙を再び、sime さんにお願いしたい」と頼みました。断られてしまうかもしれないけれど、お願いだけはして欲しい、と。

sime さんとは直接お会いしたことはありませんでしたが、私はこの物語を、この本を、他でもない sime さんにお渡ししたかったのです。当時の続きは小さな断片になってしまうかもしれないけれど、こんなにも、遅くなってしまったけれど。

この、新しい形の本を、sime さんの表紙で届けられることを、とても嬉しく思います。

今回書籍初収録の番外編である「ナイト・ライブラリ・ナイト」は、毎日新聞にて一ヶ月間連載をしたものです。図書館で遊ぶ、本を知らない子供たちのお話。連載は大変貴重な経験でしたが、なにもかもはじめてのことで、力不足で悔しい思い出ばかり。今回もう一度物語に手をいれるチャンスをいただき、救われるような気持ちでした。

加筆の際に、突然自分の中でも、古くてやわらかい、懐かしいところに触れる箇所があって、驚いたりもしました。本当に、長く書き物をしていると、思わぬ再会があるものです。

ワルツさんを書いて、筆を置き、別れ、ずいぶんな時間が経ちました。けれど、遠く離れてしまったと思ったことは一度もありませんでした。きっとそれは、私の人生において、本がすぐそばにあったからなのでしょう。

ワルツさんは、彼女の父親のことを、「あなたは、本だ」と表現します。

私からすれば、ワルツさんがまさに、「本そのもの」でした。

ワルツさんは、美しい人であり、優しい人です。同時に、強情で、かたくなな、強い、欲望の人でもあります。時に横暴であり、時に人を傷つけながらも、揺らぐことのない彼女だから、十年前と世界が確実に変わってしまった今、どんな姿を見せてくれるのか、とても楽しみでした。

改めて、その願いを叶えてくれた、すべての関係者の皆様に感謝をいたします。

いたしますが……その誰もが、「ワルツさんが」私のもとに、連れてきてくれた方々のように思います。

一冊、一冊の本を通して。すべての読者さんと、すべての関係者の皆さんをつないで。

だから今は、誰よりも、ワルツさんに。

ありったけの感謝と、敬意を込めて。

——新しい、「本」の姿はいかがですか？

きっと、素敵ですねと、笑ってくれることかと思います。

今回の文庫の刊行により、はじめて、小説『サエズリ図書館のワルツさん』は電子書籍になります。

つまり今、この文章を、電子書籍で読んでいる方もいらっしゃるということです。

いかがでしたか？

最初の刊行から、十年の月日が経ち、電子と紙、どちらが優れているとか、それぞれどうなっていくとか、それこそ本が生きるとか死ぬとか、そんなことはみんな、些末《さまつ》なことのように、思ったりもします。

今はもう、治らぬ病を嘆いたりしないし、未来に問いかけることも、ありません。

だって、電子書籍での読書も楽しいし。

紙の本も、ひときわ愛おしく感じられるのだから。

世界は変わっていくことでしょう。きっとこれからも、順当に、思いも寄らない姿へ。けれど、私達は、本を手に生きていくのです。

魂だけでは、抱きしめられないから。

そんな話を、もう少し、ワルツさんとしていけたらいい、そう思っています。

二巻には、先だって『紙魚《しみ》の手帖《てちよう》 Vol.09』に掲載していただきました、新作短編である「電子図書館のヒビキさん」が収録されます。そして、その物語の先も。もう少しだけ、読んでいただけたらいいなと、思っています。

これは、美しい図書館で繰り広げられる、本への愛の物語です。
そして同時にひとりの女の、深い業の話でもあります。
よければ、二巻でまたお会いいたしましょう。
それまで、どうぞ、よい読書を。

二〇二三年三月　紅玉いづき

本書は二〇一二年、星海社FICTIONSより刊行された作品に、『毎日新聞』（大阪版）朝刊（二〇一四年一月一日、三～三十一日）に連載された「ナイト・ライブラリナイト　さえずり町の夜」を改題して加え、大幅改稿したものです。

検印
廃止

著者紹介　1984年石川県生まれ。金沢大学卒。2006年『ミミズクと夜の王』で第13回電撃小説大賞〈大賞〉を受賞し、07年同作でデビュー。他の著作に『現代詩人探偵』『ブランコ乗りのサン＝テグジュペリ』『毒吐姫と星の石 完全版』『15秒のターン』などがある。

サエズリ図書館の
ワルツさん 1

2023年 5 月31日　初版

著 者　紅《こう》 玉《ぎょく》 い づ き

発行所　（株）東京創元社
代表者　渋谷健太郎

162-0814/東京都新宿区新小川町1-5
電 話　03·3268·8231-営業部
　　　　03·3268·8204-編集部
U R L　http://www.tsogen.co.jp
暁 印 刷 · 本 間 製 本

乱丁・落丁本は、ご面倒ですが小社までご送付ください。送料小社負担にてお取替えいたします。

ISBN978-4-488-48912-0　C0193

創元推理文庫

僕の詩は、推理は、いつか誰かの救いになるだろうか

RHYME FOR CRIME◆Iduki Kougyoku

現代詩人探偵

紅玉いづき

◆

とある地方都市でSNSコミュニティ、『現代詩人卵の会』のオフ会が開かれた。九人の参加者は別れ際に、今後も創作を続け、十年後に再会する約束を交わした。しかし当日集まったのは五人で、残りが自殺などの不審死を遂げていた。生きることと詩作の両立に悩む僕は、彼らの死にまつわる謎を探り始める。創作に取り憑かれた人々の生きた軌跡を辿り、孤独な探偵が見た光景とは？　気鋭の著者が描く、謎と祈りの物語。

創元推理文庫

第10回ミステリーズ！新人賞受賞作収録

A SEARCHLIGHT AND LIGHT TRAP◆Tomoya Sakurada

サーチライトと誘蛾灯

櫻田智也

◆

昆虫好きの心優しい青年・魞沢泉《えりさわせん》。昆虫目当てに各地に現れる飄々《ひょうひょう》とした彼はなぜか、昆虫だけでなく不可思議な事件に遭遇してしまう。奇妙な来訪者があった夜の公園で起きた変死事件や、〈ナナフシ〉というバーの常連客を襲った悲劇の謎を、ブラウン神父や亜《あ》愛一郎《あいいちろう》を彷彿とさせる名探偵が鮮やかに解き明かす、連作ミステリ。

収録作品＝サーチライトと誘蛾灯，ホバリング・バタフライ，ナナフシの夜，火事と標本，アドベントの繭

創元推理文庫

昆虫好きの心優しい名探偵の事件簿、第2弾!

A CICADA RETURNS◆Tomoya Sakurada

蟬《せみ》かえる

櫻田智也

◆

全国各地を旅する昆虫好きの心優しい青年・魞沢泉《えりさわせん》。彼が解く事件の真相は、いつだって人間の悲しみや愛おしさを秘めていた——。16年前、災害ボランティアの青年が目撃したのは、行方不明の少女の幽霊だったのか？ 魞沢が意外な真相を語る表題作など５編を収録。注目の若手実力派が贈る、第74回日本推理作家協会賞と第21回本格ミステリ大賞を受賞した、連作ミステリ第２弾。

収録作品＝蟬かえる，コマチグモ，彼方《かなた》の甲虫《こうちゅう》，ホタル計画，サブサハラの蠅《はえ》

創元推理文庫

世界幻想文学大賞受賞『図書館島』姉妹編

THE WINGED HISTORIES◆Sofia Samatar

図書館島異聞
翼ある歴史

ソフィア・サマター　市田 泉 訳

◆

帝国オロンドリアを二分した、書物と言葉を巡る大乱。そのただ中を生きた四人の女性——貴族出身ながら戦いにその身を投じた剣の乙女、彼女を愛した遊牧民の歌い手、帝国を支配する思想の創始者を父に持つ女司祭、そして反乱の秘密を知る王家の娘。正史の陰に秘められた真実を今、彼女たちが語りはじめる。世界幻想文学大賞など四冠『図書館島』姉妹編の傑作本格ファンタジイ。

カバーイラスト＝木原未沙紀

The People in the Castle: Selected Strange Stories Joan Aiken

ガーディアン賞、エドガー賞受賞の名手の短編集第2弾

ルビーが詰まった脚

ジョーン・エイキン　三辺律子＝訳

四六判上製

中には、見たこともないような鳥がいた。羽根はすべて純金で、目はろうそくの炎のようだ。「わが不死鳥だ」と、獣医は言った。「あまり近づかないようにな。凶暴なのだ」……「ルビーが詰まった脚」。

競売で手に入れた書類箱には目に見えない仔犬の幽霊が入っていた。可愛い幽霊犬をめぐる心温まる話……「ハンブルパピー」。

ガーディアン賞、エドガー賞を受賞した著者による不気味で可愛い作品10編を収めた短編集。